Farsantes
&
Fantasmas

Antonio Carlos Olivieri

Farsantes
&
Fantasmas

EDITORA RECORD
RIO DE JANEIRO • SÃO PAULO
2012

CIP-BRASIL. CATALOGAÇÃO-NA-FONTE
SINDICATO NACIONAL DOS EDITORES DE LIVROS, RJ

O55f

    Olivieri, Antonio Carlos, 1957-
        Farsantes & Fantasmas / Antonio Carlos Olivieri.
    - Rio de Janeiro: Record, 2012.

    ISBN 978-85-01-09600-5

    1. Romance brasileiro. I. Título.

11-4963.   CDD: 869.93
                                    CDU: 321.134.3(81)-3

Copyright © by Antonio Carlos Olivieri, 2012.

Capa: Rodrigo Rodrigues

Composição de miolo: Abreu's System

Texto revisado segundo o novo Acordo Ortográfico da Língua Portuguesa.

Direitos exclusivos desta edição reservados pela
EDITORA RECORD LTDA.
Rua Argentina 171 – 20921-380 – Rio de Janeiro, RJ – Tel.: 2585-2000

Impresso no Brasil

ISBN 978-85-01-09600-5

Seja um leitor preferencial Record.
Cadastre-se e receba informações sobre
nossos lançamentos e nossas promoções.

Atendimento e venda direta ao leitor:
mdireto@record.com.br ou (21) 2585-2002.

EDITORA AFILIADA

Prólogo

Devo começar como um detetive de histórias policiais. Se relembro os acontecimentos desses últimos meses, só posso concluir que minha vida se encaixa muito bem no gênero... Então por que não fazer mistério? Por que não começar com um parágrafo típico dos romances de Raymond Chandler, Rex Stout ou do *Ellery Queen's Mystery Magazine*?

Costuma-se começar com uma indicação temporal. Eram 17h45 de uma sexta-feira fria, de um nebuloso mês de agosto. Vem a seguir um preâmbulo narrativo com muitas descrições, para criar o clima. No escritório enevoado de tabaco, aguardando uma reunião que poderia me render algum dinheiro, eu enforcava o tempo com uma partida de *black jack*, na tela do computador, escutando no rádio *Body and Soul*. Intercalava as cartas disparadas pelo clique no *mouse* com um gole de Johnny Walker e abanava no ar a mão esquerda, espantando um casal de moscas que teimava em fazer seu ritual de acasalamento acima de mim. O tom é esse.

Meu escritório é uma saleta no último andar de um decadente prédio comercial da rua Marconi, no centro de São

Paulo, que só não foi interditado ainda devido a um conchavo do síndico com o fiscal da Prefeitura. Para me encontrar lá em cima, é necessário desafiar a lei da gravidade, num elevador de porta pantográfica antigo como seu ascensorista, até o décimo segundo andar. Depois, continuar subindo dois lances de escada, atravessar um corredor estreito, de paredes manchadas pela umidade, e virar à esquerda. Pronto: você deu de cara com o número 13 B, onde, ao contrário das portas envidraçadas das agências de detetives americanos, não está escrito o meu nome.

Me estabeleci ali seis meses depois da morte de meu pai, de quem herdei esse aconchegante covil nas alturas. O velho o adquiriu para abrir sua banca de advocacia em 1950, quando as imediações da praça da Ramos de Azevedo ainda eram um lugar fino, com madames planejando ações de beneficência no salão de chá do Mappin, diante do Teatro Municipal e do antigo Hotel Esplanada.

Hoje em dia, com a região em notória decadência, o edifício abriga somente despachantes, agiotas e comerciantes de ouro suspeito. A semiclandestinidade dessa seleta vizinhança torna o local ainda mais adequado para um trabalho do tipo do meu, que requer discrição e privacidade. Mas não devo me estender em digressões filosóficas. É melhor me ater aos fatos. Não é assim que faz Philip Marlowe?

O computador onde eu jogava, a escutar saxofones, fica em cima de uma escrivaninha de jacarandá — herdada também, é claro. Diante dela, há duas poltronas esgarçadas para as raras visitas, um arquivo de aço carcomido pela ferrugem e um frigobar barulhento, onde guardo as cervejas e faço gelo para o uísque. Completa o mobiliário uma estante cambaia, atulhada com uma centena de livros: manuais de Direito, códigos legais, dicionários, gramáticas e alguns volumes de literatura e filosofia, onde não faltam Edgar Allan Poe nem Schopenhauer.

Atrás da escrivaninha e da minha cadeira giratória, a janela tem vista privilegiada para o mercado persa da rua Barão de Itapetininga. No teto, uma luminária de zinco joga no ambiente a gelatinosa luz das lâmpadas fluorescentes. Na minha mesa, ao lado do monitor, um *spotlight* — estrategicamente voltado para a poltrona à sua frente — garante um freguês ofuscado, na hora de negociar o preço de um servicinho. Voltado para mim, um porta-retratos exibe a imagem do velho, com seu pelotão da Força Expedicionária Brasileira, que combateu na Itália durante a Segunda Guerra Mundial.

Às 17h52, depois da minha quinta derrota no carteado eletrônico, resolvi desligar o computador, ao qual, com as três últimas rodadas, eu já devia cerca de 250 mil dólares, virtuais, natural e felizmente. Tomei mais um gole de uísque, recostei no espaldar da cadeira e abri a gaveta da direita, à procura de um maço de Lucky Strike. Não encontrei, mas, para não ficar com a mão abanando, empunhei a Beretta "34" que acomodava no mesmo lugar.

Bancando o rei do gatilho, retirei o pente de balas do cabo da automática, conferindo seus oito cartuchos 7,65 mm. Essa pistola automática também me sobrou do velho bacharel, pai-herói, que a arrancou de um oficial fascista, quando a cobra fumava em Monte Castello, no distante 1945. Recoloquei a arma em seu lugar e fechei a gaveta, me perguntando se daria para descer até o bar da esquina ou era melhor continuar à espera do cliente, fazendo o sacrifício de só aspirar oxigênio nos próximos sessenta minutos.

Para driblar a fissura, relembrei a negociação de duas horas antes, pelo telefone, com o tipo que estava para chegar... José

Augusto Pavão Lobo é um homem baixo, adiposo, atarracado, e eu não estou me referindo ao seu aspecto físico. Ao contrário, sob este ângulo é bem-apessoado, pois além de esbelto é particularmente elegante, sempre envergando Armanis, com impecáveis Hermès no colarinho. O rosto másculo, o olhar insinuante e uma voz grave, porém macia, completam seu figurino sedutor, que a conversa envolvente — pontuada de delicados vocativos — torna praticamente irresistível a interlocutores de ambos os sexos.

Nas negociações, porém, Zé Augusto sabe mudar imediatamente de tom e de tática, caso fareje qualquer tipo de contraproposta no discurso da parte contrária. Se não se aceitam seus termos, o médico vira o monstro ou o pavão, um abutre, disposto a devorar o fígado do adversário, em vez de recuar um centavo que seja. Nessas situações, as mesuras são substituídas por injunções chulas, capazes de deixar até um cafetão envergonhado. Zé Augusto desabotoa o paletó, afrouxa a gravata, estufa o peito e — para evidenciar que não considera seu interlocutor muito acima de um cachorro — passa a tratá-lo latindo, como um *pitbull* que bota um vira-lata no seu devido lugar.

Enfim, naquela sexta-feira, no começo da tarde, o homem tinha ligado, bem-humorado, mas sem muitos salamaleques, sondando a minha disponibilidade para um *freelance*. Queria saber também quanto eu pretendia ganhar para executá-lo. Não era a primeira vez que contratava os meus préstimos. Havia quase dez anos — muito antes de abrir o escritório — eu já colaborava com ele quando surgiam abacaxis que não podiam ser descascados por amadores.

Como a tendência era a barganha terminar no extremo oposto, preferi começar do alto. Chutei um valor astronômico.

Zé Augusto não se fez de rogado:

— Moreira, você não passa de um filho da puta! Eu te procuro para fazer uma proposta séria e você já me vem com sacanagem de cara! Vai me dizer que alguém te paga isso que você tá me pedindo, porra?!... Abaixa esse valor, viado! Seja vinte vezes mais realista! Me fala outro preço ou eu bato essa merda de telefone na sua cara!

Mas a voz de Zé Augusto não conseguia esconder a sua urgência, que apanhei no ar como uma esvoaçante fração da loteria. Qualquer pressa da parte dele só podia aumentar o meu poder de fogo...

Contra-ataquei com um autoelogio à qualidade do meu taco, agregando valor ao que podia, sem deixar de baixar o nível da linguagem também, para mostrar que não estava intimidado:

— Eu sou um bom profissional, Zé Augusto. Você sabe disso, porra! Não é fácil encontrar alguém como eu por aí. Não está interessado em investir num *job* limpo, eficiente e rápido? Procura outro aí, caralho! Deve estar cheio de nego que faz isso pela metade do meu preço, mas você sabe que o barato sai caro, pode te dar uma puta dor de cabeça...

— Vai tomar no cu, Moreira! — rebateu o homem, sem se deixar nocautear de primeira. — Não me vem com conversa mole! Eu sei que o seu trabalho é bom e por isso estou procurando você, puta merda. Mas o que você está pedindo é pura sacanagem...

— É o meu preço — insisti, curto e incisivo, para permanecer no ataque.

— Seu preço o cacete! — ele urrou, furioso, sem baixar a guarda. — Já te paguei muito menos que isso e você nunca chiou! Isso aí é um absurdo! Não está querendo trabalhar diz logo, para não me fazer perder tempo...

— Quero trabalhar, sim — recuei, imaginando como desarmá-lo. — Claro que quero trabalhar!

— Então seja razoável... — ele sugeriu, recuando também, num tom menos agressivo.

— Quero trabalhar... — repeti, conciliador, preparando terreno para um fulminante cruzado de esquerda. — Só não quero ser explorado!

Zé Augusto se esquivou, com a graça de um peso-pesado. Disse para não prolongarmos aquela merda de negociação. Pagaria a metade do que eu estava pedindo, dividido em duas parcelas: uma agora, já estava contando o dinheiro, outra depois do serviço executado...

Engoli em seco, vendo o mundo girar a meu redor. O "agora" na fala de Zé Augusto me levou a beijar a lona. Eu escutava a contagem do juiz, procurando argumentos para me reerguer, mas sabia que não conseguiria fazê-lo antes de soar o gongo. Desde que antecipado, era melhor eu aceitar até um terço do que ele estava me oferecendo.

— O que você diz? Aceita ou não aceita, seu puto? — Augusto perguntou, tripudiando, como se já não soubesse a resposta.

Fui arrastado para fora do ringue, atordoado, perguntando ao campeão do outro lado da linha qual era o serviço que ele queria que eu fizesse.

— Acho melhor a gente falar disso pessoalmente — respondeu Zé Augusto, evasivo, com a delicadeza do início do telefonema. — Passo aí no escritório no final da tarde, levando a primeira parcela, O.K.? Um abraço, meu velho!

Nada mau para um prólogo.

I

A campainha do escritório tocou às seis da tarde em ponto. Com um sorriso triunfante, Zé Augusto levantou a mão num aceno. Convidei-o a entrar, indicando o espaço atrás de mim com a cabeça. O homem marchou para uma poltrona e se jogou nela, com a maior sem-cerimônia. Desligou o *spot* e tirou-o da frente, abrindo espaço para entronizar sua pasta Louis Vuitton em cima da escrivaninha.

Sentei no meu lugar, sem dizer uma palavra. Zé Augusto olhou para o líquido dourado no fundo do copo na mesa e levou-o ao nariz, perguntando, depois de farejá-lo:

— Não vai me servir um *scotch*?

Peguei outro copo e a garrafa numa portinhola da escrivaninha, exibindo para ele o rótulo preto do 12 anos. Servi-lhe uma dose generosa do malte envelhecido.

— Quer gelo? — ofereci.

Zé Augusto fez um não com a cabeça. Tomou um gole largo e arfou satisfeito. Abriu sem pressa a mala preta, de onde retirou oito maços de notas de cem e um charuto Davidoff, que colocou entre os dentes, sem acender. Fiz um rodo com a mão e arrastei, como um crupiê, o dinheiro pro meu lado.

— Pode contar — disse ele, tranquilo, retirando do bolso um isqueiro de ouro.

— Com certeza — respondi, arrancando o elástico do primeiro maço e desfolhando as notas, uma por uma.

Mal acabei a contagem, Zé Augusto retirou da pasta uma fotografia que me jogou nas mãos, atirando para o teto argolas azuis de fumaça. Examinei a cara de um homem branco, com cerca de 40 anos, olhos azuis, nariz reto, maçãs salientes. O cabelo e a barba, precocemente grisalhos, davam ao rosto jovial um estilo charmoso de maturidade. No verso do retrato, uma etiqueta adesiva informava o nome e a profissão da personagem: Dr. Paul Mahda, psicanalista.

— Sabe quem é? — perguntou Zé Augusto, com o olhar brilhando.

A cara, na verdade, não me era estranha, mas não consegui identificá-la assim tão prontamente. O visitante veio em meu socorro, compadecido da minha ignorância:

— Você não lê jornais, não vê televisão, seu bosta?! O Dr. Paul Mahda é um psicanalista de renome. Só trata de gente rica e famosa... Tem sido presença constante na mídia nestes últimos meses, já saiu até na capa da *Caras*! Em que mundo você vive, Moreira? Nunca ouviu falar no Dr. Paul Mahda, porra?!

— E daí? — perguntei, ríspido, ofendido com o sarcasmo.

— Ele está querendo lançar um livro — respondeu Zé Augusto, assombrado com a minha falta de tino. — E você vai ser o escritor fantasma.

Escritor fantasma ou *ghost-writer*, alguém que escreve textos mas dá os créditos a outra pessoa. Um recurso largamente utilizado pelas editoras do mundo inteiro, o que não deve surpreender ninguém, principalmente na República Federativa do Brasil, onde também são comuns os funcionários, as contas e as empresas fantasmas, ora bolas! Esse tem sido meu trabalho ao longo dos últimos tempos, depois que abandonei, por motivos pessoais, minha carreira de jornalista. Descobri que se tratava de uma profissão promissora, ao rodar as editoras à caça de traduções para ganhar o filé de cada dia.

Apesar da enorme escassez de leitores no país, sempre existiu por aqui um imenso número de candidatos a escritor, a grande maioria incapaz de escrever uma única linha. Em cumplicidade com um editor, um bom redator podia arrancar daí o seu honesto sustento por muitos anos. Zé Augusto foi justamente o primeiro empresário das letras a me abrir uma porta, propondo que eu redigisse a autobiografia de um pastor evangélico, que tinha feito uma fortuna com rebanhos de fiéis e de gado bovino.

Agora, tenho currículo. Ao longo de quase dez anos, já redigi bem uns sessenta livros para diversos autores. Alguns volumes de memórias de políticos e *top models*, vários depoimentos de empresários de sucesso e até mesmo romances supostamente psicografados, sem falar numa antologia de poemas tântricos de um estelionatário da Paraíba, que se fazia passar por guru indiano e dava conselhos em programas femininos da TV (como Zé Augusto fez questão de enfatizar ao apresentá-lo a mim). Os leitores deviam ficar impressionados com o fato de ignorantes desse calibre poderem escrever tão bem, não fossem tão imbecis quanto eles.

Não é de espantar o fascínio que a autoria exerce sobre gente que não tem sequer o hábito de ler revistas de fofocas, contentando-se em admirar suas fotos panorâmicas. Além da perspectiva de criar um best-seller para rechear a conta-corrente, ser autor de um livro pode render também em outras moedas, como a consideração e o prestígio, que não deixam de produzir dividendos ou até mesmo um emprego público. Para o fantasma, porém, o que importa não é a fama e sim o cobre. Mas voltemos aos fatos. Com um cifrão tilintando nas retinas, Zé Augusto começava a fazer uma síntese da obra que queria:

— Não deve passar de duzentas páginas, para não espantar leitores preguiçosos. A linguagem tem de ser clara e acessível... Não me venha com devaneios literários e obscurantismos metafóricos, que ninguém entende mais essas coisas!

— Claro... — concordei, servindo-me de outra dose.

Zé Augusto prosseguiu, empolgado, erguendo-se da poltrona:

— Os parágrafos têm de ser breves, para arejar a leitura, e os capítulos, curtos, para o leitor sentir rápido que está avançando e o fim não demora...

Concordei outra vez, balançando a cabeça, enquanto o editor tornava a sentar, para ressalvar, cauteloso:

— Mas não me passe de uns vinte capítulos, não quero colocar o índice em mais de uma página...

— Tudo bem — interrompi, pois dispensava esse tipo de explicações.

Zé Augusto continuou, criativo, traçando círculos no ar com o charuto:

— Não se esqueça de utilizar palavras ou expressões como "globalização", "emergente", "sinapse", "fator", "endorfina", "ícone", "informatização", "instigante", "jurássico", "pós-moderno", "problemática", "somatização", "caldeirão cultural", "empresa-ponto-com", "inteligência emocional", enfim, termos que estão na moda ou impressionam sempre, você sabe...

— Eu sei — garanti, fingindo fazer umas anotações num bloco de recados. — Mais alguma coisa?

— Quero frases de efeito, hein, Moreira! Daquelas que ficam na memória. Coisa de impacto, que possa ser utilizada também na mala-direta e outras peças de *marketing*, como os *take-one* e os marcadores de página...

— Deixa comigo — concordei mais uma vez, procurando em vão impedi-lo de pegar a garrafa.

Servindo-se de outra dose, o editor fez uma pausa e perguntou em voz alta para sua própria memória:

— Será que estou esquecendo alguma coisa?

— O assunto, talvez... — sugeri, com fingida ingenuidade.

— Tem algum tema essa obra?

— Hum... — ele fez, compenetrado, e, depois de duas baforadas seguidas, se pôs a contemplar o selo do charuto que segurava entre o polegar e o indicador.

— Tem ou não tem? — insisti, preocupado, dissipando com um abano uma densa cortina de fumaça.

— Bom... — disse o editor, evasivo. — Digamos que é uma obra de filosofia psicoterapêutica aplicada...

Encarei-o como quem escuta uma declaração em aramaico, que ele traduziu, sem se fazer de rogado:

— É uma obra de autoajuda.

Não consegui me conter e falei em meio à gargalhada:

— Zé Augusto, você não passa de um filho da puta...

— O que é que você tem contra a autoajuda? — ele quis saber, sem dar a mínima aos meus falsos escrúpulos.

— Desde que você não deixe de me pagar a segunda parcela — declarei com a mão direita levantada —, sou capaz de jurar que se trata de um gênero nobre, cujas origens remontam a Sêneca, na velha Roma... seu *Tratado sobre a firmeza do homem sábio* ensina a suportar estoicamente as adversidades da vida.

— É por isso que eu gosto de trabalhar com você, Moreira! — exclamou Zé Augusto, apagando o Davidoff nas bitucas do cinzeiro. — Você pega o espírito da coisa e tem uma lábia de fazer inveja a um retórico latino...

— Mas, até aí — adverti, precavido —, você ainda não me disse absolutamente nada sobre o tema do Dr. Paul Mahda... Supondo que exista um tema...

— Sobre isso você vai conversar com o próprio Paul Mahda — disse o editor, levantando-se. — Aliás, já marquei para você uma entrevista com ele na próxima segunda-feira, às dez da manhã em ponto...

Para parecer um homem ocupado, abri minha agenda e resmunguei, aborrecido:

— Vou ter de desmarcar o dentista...

Zé Augusto pouco se importou com a minha profilaxia dentária. Depositou sobre a mesa um cartão com o endereço do Dr. Paul Mahda, arrematou sua dose de uísque e começou a bater em retirada, exclamando:

— Sêneca!... Moreira, essa é boa! Depois eu é que sou o filho da puta!

Ao vê-lo desaparecer no corredor escuro, misturando-se às trevas que, àquela altura, já devoravam a cidade, eu não podia imaginar que eu tinha começado a protagonizar o prólogo de uma complexa trama, surpreendente e sórdida, cujo desfecho seria inevitavelmente pontuado com violência e sangue.

Não. Naquele momento, com a imaginação iluminada pelos R$ 8 mil em cima da escrivaninha, meus pensamentos se voltavam exclusivamente para Lucila, com quem eu tinha um encontro marcado dali a duas horas. Lucila era quem me resgatava do barco das palavras e das tormentas no mar da baixa literatura. Era quem me conduzia à realidade, mas numa esfera superior à fantasia, num recanto onde se entrelaçam a amizade, a ternura e o tesão.

II

Um velho jornalista italiano, experiente e bonachão, foi quem me apresentou a José Augusto Pavão Lobo, já nem me lembro de quando. Economista de formação, bem relacionado em Secretarias e Ministérios, Zé Augusto fundou a Editora Pavão com a finalidade de publicar edições populares dos clássicos da Literatura Brasileira e vendê-las para as escolas da rede pública de todo o país, às centenas de milhares.

Com isso, em pouco tempo, arrecadou uma pequena fortuna, que também não demorou a lhe subir à cabeça. De tanto se fazer passar por editor, passou a acreditar sê-lo de fato. José Olympio, Monteiro Lobato, Fernando Gasparian, Alfredo Machado... Pavão Lobo tinha certeza de que estava à altura de todos eles, faltando somente demonstrá-lo ao mercado.

Na madrugada subsequente à inauguração de uma Bienal do Livro, acordou de repente, sobressaltado, no quarto de motel onde se encontrava. Uma ideia explodira em sua mente. Acordou a parceira, uma loira espetacular, que atuava também como sua secretária, declarando-lhe na maior empolgação:

— Eu não posso me satisfazer somente com as vendas garantidas ao governo. Tenho índole de empresário... quero sentir o sabor do risco, quero deixar a minha marca no mercado editorial brasileiro! Vou me dedicar a projetos editoriais mais arrojados!

A secretária segurou-o delicadamente pelos cabelos e aconchegou-lhe a cabeça entre os seios. Zé Augusto deixou de sonhar acordado e a garota também retornou ao mundo dos sonhos. Dois meses mais tarde, o editor lançava a sensacional Coleção Pavão, que reunia as melhores obras de autoajuda e psicografia, em volumes de primorosa apresentação gráfica.

Com títulos como *A borboleta interior*, *Marketing, administração e intuição feminina*, e *Entre tapas e beijos: o equilíbrio no matrimônio*, o *publisher* conseguiu duplicar seu patrimônio. Sem perder tempo, começou a fazer planos para a empresa se expandir ainda mais. Pretendia entrar no lucrativo ramo dos livros didáticos. Porém, o desprestígio do esoterismo junto às autoridades do Ministério da Educação, empedernidos materialistas, acabou abatendo o augusto voo do empresário.

Pavão Lobo não se deu por vencido. Vendo à míngua os contratos com as Secretarias e o Ministério, abandonou a publicação dos clássicos e passou a se dedicar exclusivamente à Coleção Pavão, cuja venda porta a porta em cidades do interior era mais do que suficiente para manter o balanço da editora a quilômetros do negativo. Ao mesmo tempo, para recuperar sua plumagem de homem comprometido com a cultura, estabeleceu uma nova empresa — a Lobo Editorial — que publicava exclusivamente teses de mestrado e doutorado. Não se tratava, como pode parecer, de um investimento a fundo perdido. Afinal, eram os próprios autores que custeavam as edições da casa.

Os pobres pós-graduandos, que sonhavam em ter um livro publicado, resignavam-se à ideia de gastar suas suadas economias com esse fim, depois de anos à espera da resposta de várias outras editoras — resposta invariavelmente negativa, que vinha na forma de uma singela carta-padrão:

"Prezado(a) Sr(a).

Cordiais saudações!
Lamentamos informá-lo de que, independentemente dos inegáveis méritos, seu livro não se enquadra em nossa linha editorial. Porém, não desanime, sugerimos procurar outras editoras, mais adequadas ao escopo de seu primoroso trabalho.

Atenciosamente,
Fulano de Tal
Subeditor"

Com trânsito nos setores universitários, Zé Augusto se encarregava de fazer ele mesmo a procura de candidatos ao seu panteão literário. Descobria quem tinha algum original na gaveta e um bom dinheiro no banco, e pedia-lhe que enviasse sua obra, para uma avaliação crítica por parte de sua suposta equipe de leitores especializados.

Quinze dias depois de recebê-lo, sem se dar ao trabalho de abrir o pacote, Zé Augusto ligava para o remetente, declarando, sem nenhum pudor:

— Estou muito impressionado com a sua acuidade crítica, com seu estilo cristalino... Há muitos anos não lia um ensaio assim, tão perspicaz e abrangente! Seus pontos de vista são sem dúvida nenhuma impressionantes! A reflexão que você faz sobre seu tema é... como dizer?... Revolucionária!

Após uma pausa, para respirar e acompanhar a respiração do ouvinte, o editor continuava, num tom estudadamente mais sóbrio:

— Você não gostaria de vir aqui conversar comigo? Podemos marcar uma reunião na segunda-feira ou na terça, pela manhã ou à tarde, como lhe for mais conveniente. Acredito que devemos tratar o quanto antes da publicação de seu ensaio...

Silêncio extasiado do outro lado da linha. O monólogo do editor, porém, só voltava a evoluir em grande estilo no *tête-à-tête* com a vítima, dali a alguns dias. A ocorrência se perpetrava no gabinete de Pavão Lobo: a melhor sala na sede própria das duas editoras, que funcionavam no 15º andar de uma torre de vidro espelhado em frente ao Shopping Iguatemi, na avenida Faria Lima. Um endereço pra executivo nenhum botar defeito. Ali trabalhavam, além do proprietário e diretor-presidente, uma fantástica recepcionista, duas estonteantes secretárias, o contador e dez vendedores, que constituíam o segundo escalão da empresa. Abaixo dele, sem intermediários, vinha o proletariado, que se compunha do subeditor, do diagramador e de dois revisores, um dos quais zarolho, diga-se de passagem.

Um salão muito bem decorado, com móveis de estilo e ampliações das capas dos livros da casa emolduradas na parede. Assim era o cenário que encontrava o candidato a autor, ao chegar à editora, sempre por trás de uns óculos de tartaruga ou sem aro, como determinasse o figurino intelectual da ocasião. Hipnotizado pela aparência da recepção, o escritor se entusiasmava e exibia um sorriso tolo, que Zé Augusto — a postos para recebê-lo — cuidava de cultivar, com elogios especialmente selecionados. O visitante exalava expectativas. O editor as alimentava com fartura, conduzindo-o à sua sala e acomodando-o numa confortável poltrona. Exibia, então, suas boas relações no meio acadêmico, além da preocupação de só publicar obras importantes:

— Pouco antes de você chegar, esteve aqui o professor Venâncio Moura de Castro, sem dúvida nosso maior crítico literário. Trouxe uma nova coletânea de ensaios, que faz questão de lançar pela Lobo... Intitula-se *Regionalismo: tradição e modernidade — uma análise das reminiscências da sofística clássica na linguagem substantiva de Graciliano Ramos*. Que lhe parece?...

— Hmmm... — fazia o outro, impressionado.

O editor prosseguia:

— Mais tarde, vou me encontrar também com a professora Regina Carolina de Freitas, que deve me entregar os originais de seus *Prolegômenos à análise psicoestilística da poética disruptiva de Oswald de Andrade*... Belo título, não acha?

O interlocutor concordava — com certeza —, arrebatado diante da possibilidade de ver sua modesta monografia figurar no catálogo da Lobo, ao lado de obras de autores tão insignes. Tecia, por sua vez, elogios derramados ao trabalho dos doutores em questão, de importância imponderável para os estudos literários no Brasil, senão em todo o mundo lusófono.

Ao sentir que pisava terreno firme, José Augusto disparava:

— Mas a edição de livros como esses, infelizmente, é um negócio pouco rentável, num país como o Brasil, onde o número de leitores cultos é mínimo. Aqui, só quem ganha dinheiro com os livros são autores de autoajuda, você sabe... Eu sou um idealista, um sonhador, que quer lançar obras que deem uma contribuição à civilização brasileira, mas, com os juros ao preço que estão, já não consigo formar um capital de giro...

Essas últimas palavras, mais um súbito temor, trespassavam como uma flecha o espírito do ouvinte, que cravava então um olhar apreensivo no editor à sua frente. Zé Augusto prolongava o silêncio, para informar, depois, como que confidencialmente:

— Tenho feito parcerias com muitos autores para poder levar suas obras às livrarias...

— Parcerias? — perguntava o visitante, vislumbrando na palavra uma centelha de esperança.

Zé Augusto confirmava:

— O próprio professor Moura de Castro repartiu os custos de edição de três livros seus, que hoje já se tornaram clássicos... Quem sabe pudéssemos pensar em fazer algo assim no seu caso, para não privar o país de um trabalho tão oportuno e necessário...

Se o parceiro em potencial titubeava, Pavão Lobo não se vexava de apertar um botão debaixo da mesa, que fazia sibilar seu telefone. Atendia-o com fingida irritação, por ser interrompido em momento tão delicado, mas, depois de escutar o silêncio por alguns minutos, em meio a muxoxos, abria um sorriso e lançava exclamações de júbilo:

— Vai ser a capa da próxima edição do *Jornal de Resenhas*? Perfeito! O quê? Também já agendou uma entrevista num programa da TV Educativa? Excelente! Por medida de cautela, vou dar início imediato a uma segunda edição... Já sinto no ar o cheiro de um best-seller!

Desligando atabalhoadamente, Pavão Lobo se voltava, empolgado, para o autor à sua frente, e continuava a encenação.

— Na semana passada — explicava —, contratei os serviços de uma excelente assessoria de imprensa. Ótimo investimento! Com uma boa mídia, até mesmo a ensaística consegue vender mais de 30 mil exemplares.

Não era propriamente esta cifra, nem a sua contrapartida em reais, que acabava por levar o candidato a autor a aceitar a parceria generosamente oferecida. O que o fazia resolver-se era a perspectiva de se sentar em breve na poltrona de um programa de TV ou nas páginas ainda mais confortáveis de um suplemento literário. Aquilo a que o Eclesiastes se refere, com a sucinta fórmula "vaidade de vaidade"!

— Eu tenho umas economias, professor Pavão Lobo... — confessava o estudioso, quase decidido. — Quem sabe? É muito cara a edição de um livro?

— Não chega à metade do valor de um carro zero — informava o editor, com uma comparação básica dos manuais de vendas. — De acordo com o projeto gráfico, pode ficar entre 7 e 12 mil reais, e sempre existe a possibilidade de um parcelamento...

A vítima, vacilante, arriscava uma proposta:

— Posso lhe dar um cheque de 3 mil agora e, digamos, mais 4 mil daqui a trinta dias?

— Perfeito! Você custeia a edição. A editora arca com o ônus de distribuí-la e divulgá-la, o que não é nada barato, neste nosso país de dimensões continentais... Vamos providenciar o contrato!

Era leonino o contrato da Lobo com esses autores, como Zé Augusto me deixou escapar numa noite em que se excedeu no uísque e me fez carregá-lo até sua casa. Redigido em complicada linguagem forense, o documento vinha impresso em letras diminutas, para tornar as entrelinhas ilegíveis. Doravante chamado simplesmente de autor, o contratado teria prejuízo menor, caso entregasse sua assinatura numa página em branco. Aliás, era uma questão não escrita, nem mencionada no texto, que o tornava particularmente lesivo aos autores: a tiragem da obra.

Uma vez que o pagamento do autor à editora não se condicionava ao número de exemplares impressos, Zé Augusto tratava de produzir, num primeiro momento, apenas mil livros — a menor tiragem economicamente viável. Duzentos eram cedidos ao escritor, para serem ofertados aos mestres, colegas, familiares e amigos. Outros tantos iam para o assessor de imprensa, pois havia um, de fato, embora não passasse de um paspalho. Os restantes eram distribuídos, em consignação, às livrarias.

— E depois disso? — perguntei a Zé Augusto, naquela noite memorável, arrancando-lhe aos pouquinhos seus mais sórdidos segredos.

Entre soluços, o editor me revelou:

— Se não forem vendidos em um ano, o que acontece muito raramente, ameaço transformar o estoque em apara de papel para reciclagem... a menos que o autor prefira comprá-los, com 40% de desconto no preço de capa.

— E os autores aceitam? — indaguei, espantado.

— Invariavelmente, pelo que já me antecipo e mando imprimir mais 2 ou 3 mil exemplares!

Em suma, a Lobo Editorial auferia seus lucros de uma espécie de milagre da multiplicação dos peixes, que consistia em vender duas vezes o mesmo produto ao mesmo comprador, sem que ele jamais se desse conta disso.

Mas em que medida os trambiques da Lobo Editorial interessam à narrativa deste modesto fantasma, habitualmente conjurado para atuar nas vigarices da Editora Pavão?

É o que se verá nas páginas seguintes.

III

Participei algumas vezes do esquema da Lobo Editorial, preparando originais ou fazendo copidesques, isto é, aprimorando textos. Para manter-me ligado à empresa, Zé Augusto fazia questão de que não me faltassem pequenos serviços, entre um *ghost* e outro. E tome de ajeitar dissertações herméticas sobre insignificantes pormenores da literatura, conferindo citações e corrigindo somente os erros mais graves, para não alterar a obscuridade do estilo, tida como elegante e profunda pelos autores. Sem falar em ter de engolir atentados gramaticais cometidos em nome de um suposto vanguardismo, que atende somente ao caráter novidadeiro da sociedade de consumo.

Foi assim que conheci Lucila Napolitano, que acabara de defender o mestrado sobre o conto "Desenredo", de Guimarães Rosa. A moça viu-se forçada a recorrer a Pavão Lobo, dado o desinteresse das editoras sérias pelos livros universitários, que vendem pouco e a longo prazo, massacrados pela concorrência do xerox e pelo hábito de os professores nunca indicarem a leitura da obra integral, mas somente de um ou outro capítulo. Quando a vi pela primeira vez, no gabinete de Zé Augusto, fui dividido em dois pela lâmina de seu charme. Uma parte de mim me aconselhou a considerá-la definitivamente inatingível, a outra metade me incitava a encará-la como um desafio irrecusável...

Diante da mesa do editor, sentei-me ao lado dela, pensando que existem mulheres cujo único mistério consiste no fato de serem mulheres, mas que, somente por isso, são verdadeiras esfinges. Deixei de lado a filosofia de botequim e resolvi olhar de frente para a pantera: uma morena mediterrânea, de pele dourada, cabelos longos, olhos amendoados e lábios carnudos, além de um corpo bem nutrido, mas somente nos lugares exatos.

Com elegância e naturalidade, Lucila trajava naquela ocasião a indumentária clássica da *femme fatale*. Vestia um tubinho negro, decotado com precisão de estilista para mostrar o regaço dos seios graúdos e o volume das pernas bem torneadas, conforme seus ágeis movimentos na poltrona. Mais lobo do que nunca, Zé Augusto não desviou os olhos dela em instante algum, ao longo da breve reunião que tivemos:

— Lucila, esse é o Moreira, o melhor redator da cidade de São Paulo — disse, elogiando, através de mim, a sua editora, com o indicador colado em meu peito. — Faço questão de que ele se encarregue do seu texto, resolvendo eventuais dúvidas, para deixá-lo prontinho para a gráfica... Pode ficar certa de que sua tese está em boas mãos.

— Muito prazer — disse Lucila, estendendo a mão direita, num gesto ao mesmo tempo displicente e cordial. — Tenho certeza de que meu livro não vai lhe dar muito trabalho. Conheço bem gramática e já fui revisora. Não costumo cometer erros de digitação e confiro com extrema atenção todas as citações que faço.

"Veremos", pensei, apertando sua mão de veludo com um sorriso não mais que formal nos lábios. Não tinha a mínima intenção de bancar o deslumbrado, como Zé Augusto, o que certamente só alimentaria sua postura soberana, de mulher que se sabe irresistível. Imperturbável, retirei da pasta um caderninho preto, destampei minha tinteiro e pedi o número de seu telefone.

— Vou começar o trabalho hoje mesmo — informei, delicado, mas fleumático como um diplomata. — Podemos combinar um horário para eu ligar e esclarecer eventuais dúvidas. Podemos fazer isso diariamente e o texto vai para a gráfica até daqui a vinte dias, como quer o professor Pavão Lobo.

— De acordo — respondeu Lucila, satisfeita, descendo um degrau da escadaria do estrelato. — Acabei de defender a tese e estou de férias pelos próximos trinta dias. Não pretendo fazer nada, além de dançar bastante, mas isso não vem ao caso... Tem algum problema você me ligar à noite, assim tipo entre as oito e as nove horas? É o melhor horário para me pegar em casa...

— Não tem problema nenhum — Zé Augusto respondeu por mim, de imediato, procurando agradá-la. — O Moreira tem horários muito flexíveis, sabe? Na verdade, eu acho que ele até prefere trabalhar à noite e de madrugada... Como todos os jornalistas, costuma acordar tarde.

— Esplêndido! Eu também sou noturna — confessou Lucila, olhando para mim com uma inesperada solidariedade. — Acho que vamos nos dar bem, Moreira...

O comentário não agradou a Zé Augusto, que fez questão de cortar nossa aproximação pela raiz:

— Moreira, você sabe onde é a saída. Desculpe a pressa, mas o prazo para o trabalho é bastante apertado. Comece o quanto antes para terminar o mais rápido possível. Agora me deixe a sós com a dona Lucila, que precisamos discutir alguns detalhes do contrato de edição, certo?

Enfiei o rabo entre as pernas e os originais do livro na pasta. Apertei a mão da dançarina, para tomar mais uma vez sua deliciosa temperatura. A passos lentos, bati em retirada. No táxi, a caminho do escritório, reconstituí mentalmente todos os gestos e olhares de Lucila. Procurava um sinal que me mostrasse ser possível fazê-la descer da torre em que vivia ou então me levar lá para cima. De uma maneira ou de outra, aproximar-me de Lucila já se tornara para mim uma questão de sobrevivência.

Não sei como alguém pode escrever tanto sobre um conto tão pequeno. "Desenredo" tem três páginas, quando muito. Os originais de Lucila Napolitano tinham, no total, 375. É certo que o volume talvez se reduzisse à metade, caso se descontassem as citações e as notas bibliográficas. De qualquer modo, minha primeira providência foi lê-lo de cabo a rabo, sem me preocupar muito com questões gramaticais ou semânticas.

Meu objetivo era conhecer a autora através da obra, e o que esta me apresentava era ainda uma mulher encantadora. Refinada, Lucila interpretava o conto do mineiro com imensa sensibilidade. Verdade que aqui e ali derrapava em raciocínios desconexos e algumas frases desengonçadas. Mas eram deslizes perfeitamente perdoáveis a quem se atreve a desbravar as intrincadas veredas de Guimarães Rosa...

Ao fim da leitura, retornei satisfeito às primeiras páginas da introdução, onde tinha reparado numa passagem ambígua. Aquilo merecia um telefonema para obter um esclarecimento da autora... Esperei a hora marcada, a partir das seis, fumando na janela. O ritmo do tempo se dilatou, vadio, multiplicando os lentos minutos das horas. A chegada das oito da noite nunca me pareceu tão demorada. Mesmo assim, ainda tive de esperar tempo suficiente para fumar meio maço de cigarros. Encontrei Lucila somente às 21h15.

Elas garantem que não gostam, que preferem os sensíveis, mas fazer o tipo linha-dura tem se revelado uma boa estratégia nos meus contatos imediatos com o sexo feminino. Por isso, cumprimentei a autora e fui direto ao assunto, num tom inequivocamente profissional:

— Alô! Lucila? É o Moreira, da Editora Pavão. Já acabei de fazer a primeira leitura do seu texto, queria esclarecer uma dúvida e...

— Olá, Moreira, acabei de chegar em casa... — ela me interrompeu, sorridente, satisfeita com minha demonstração de interesse pelo trabalho. — O que achou da monografia? Gostou?

— Com certeza! — garanti, sem muita certeza, recorrendo ao expediente do Zé Augusto. — Fiquei impressionado com a sua acuidade crítica, com seu estilo ambivalente e cristalino...

Nenhum escritor resiste a um elogio. Por que Lucila havia de ser uma exceção? Envaidecida, passou a me tratar como um colega, queixando-se do trabalho que tivera para fazer a tese, dos desvarios do orientador, do baixo valor da bolsa de estudos. Embevecido pela sonoridade com que ela enunciava as palavras, baixei a guarda. De fato, quase soltei um suspiro! Concordei com tudo que me dizia, mas ela, percebendo que se alongava, quis saber o motivo da ligação.

Apontei, circunspecto, a ambiguidade do trecho assinalado:

— Veja, isso não é propriamente um erro — eu disse, com cautela. — Talvez não passe de uma preferência estilística...

Lucila ouviu, não se ofendeu e me deu carta branca para resolver a questão como achasse melhor:

— Preciso sair daqui a pouco — contou. — Vou jantar com umas amigas. O restaurante é chique e temos mesa reservada. Ainda preciso fazer as unhas, tomar banho e trocar de roupa... Amanhã você me diz como ficou. Tá bom?

— Claro, claro! Até amanhã...

Sob o ponto de vista das minhas segundas intenções, nossos primeiros telefonemas foram inócuos, mas em compensação bem frequentes. A cada elemento dúbio que eu encontrava no texto, aproveitava para consultar Lucila, pretextando rigor técnico e afetando dedicação profissional. Mas não deixei passar as oportunidades de alterar o teor das conversas, tornando-o mais íntimo em poucos dias.

Lucila se mostrava receptiva, e na segunda semana de trabalho já nos demorávamos na linha, a falar de nós mesmos... As conversas evoluíram por múltiplos caminhos: nossos credos místicos e ideológicos, as preferências cinematográficas e culinárias, os bares e escritores favoritos. Depois de vinte dias, já conhecíamos em detalhes a história dos nossos divórcios. Lucila tinha uma filha de 14 anos que morava com o pai no interior. O meu casamento não deixara sequelas.

Minha grande chance para um *face to face* apareceu, enfim, na primeira sexta-feira do mês seguinte, sob a forma de uma providencial contradição no décimo capítulo da tese... Por telefone, era impossível expor a questão com clareza... E sempre se tratava de uma questão delicada, que podia tornar a autora suscetível... Sem dúvida nenhuma, era um problema a ser resolvido cara a cara.

Não acreditei que encontrasse Lucila, numa sexta, àquela hora, mas arrisquei telefonar, às 20h45. Ela atendeu, dizendo que chegara mais cedo da academia e pretendia ir para a cama depois de um bom banho.

Atrapalhado, disse-lhe que não havia urgência, mas que precisávamos nos encontrar, frente a frente, para solucionar uma passagem complicada. Vendo a questão no papel, ela compreenderia melhor o que eu achava.

— Pode ser amanhã, Moreira? — Lucila perguntou, gentil, com uma risadinha enigmática.

— Não vai estragar seu sábado?

— De jeito nenhum!

— À tarde? — perguntei, cauteloso.

— Não. À tarde tenho algumas coisas para fazer. Por que você não vem no jantar e aproveita para conhecer meus dotes culinários? Você gosta de estrogonofe?

Respondi, embaraçado:

— Não quero lhe dar trabalho...

— Eu é que faço questão de retribuir o seu trabalho comigo. Quando te conheci, não pensei que fosse encontrar um profissional tão competente e sensível...

— Ao contrário. Estou deslumbrado com essa dissertação tão inteligente — respondi e acrescentei, sem saber se me referia ao texto ou à autora: — Sua linguagem é muito apetitosa...

— Apetitosa!?— exclamou Lucila, saboreando o meu adjetivo.

— É claro que eu aceito o convite... — respondi, mudando de assunto. — Posso levar uma garrafa de vinho?

IV

A noite de sábado me encontrou na portaria do edifício de Lucila, com uma garrafa de um bom tinto debaixo do braço. O prédio ficava numa ruazinha sossegada da Vila Olímpia, a três quarteirões da avenida Santo Amaro. Aproveitei o espelho do elevador social para ajeitar a calça, fechar um botão da camisa e acertar todos os fios de cabelo que estavam fora do lugar. Somente seguro de minha boa aparência, toquei a campainha do apartamento de Afrodite.

Lucila atendeu e entregou o rosto para um beijo:

— Que pontualidade, Moreira! — comentou, olhando o relógio no pulso.

Estava agora mais deslumbrante que da primeira vez, sem óculos, discretamente maquiada, recendendo a Paloma Picasso, num vestido de malha cor de vinho que se ajustava a seus volumes magníficos, realçando-os e acentuando o aspecto corporal do meu desejo.

— Tudo bem com você? — cumprimentei, procurando disfarçar a agitação.

Sem cerimônia, ela me puxou para dentro da sala, ampla, decorada com descontração e várias peças de artesanato sertanejo, que combinavam com sua dissertação de mestrado. A mobília desse cômodo incluía também uma larga estante de pínus, na parede do fundo, que abrigava, além das obras completas do autor que ela estudava, os grandes nomes da crítica literária francesa e uma quantidade colossal de semiótica.

Lucila se sentou numa das pontas do sofá de três lugares e me indicou, cortês, o lado oposto.

Sentei e, só então, lembrei-me de lhe oferecer o vinho:

— Acho que é bom para acompanhar o estrogonofe — falei, desajeitado, entregando a garrafa —, mas pode servir como aperitivo também...

Lucila foi buscar um saca-rolhas na cozinha, de onde exalava o cheiro adocicado do filé em ebulição. Tanto na ida quanto na volta, ela não deixou de falar, perguntando se eu achara fácil o endereço, comentando a temperatura da noite e sugerindo que eu pusesse um CD no *micro-system*. Dei uma rápida olhada nos discos e escolhi um de Tom Jobim.

Só depois de encher nossos dois copos, Lucila tornou a sentar, erguendo um brinde, solene:

— Ao meu livro...

— Ao seu livro! — bati o copo no dela, sorrindo.

Aquele foi o primeiro de uma série de brindes, que terminou juntamente com essa primeira garrafa, bem a tempo de impedir a janta de queimar. O estrogonofe nos encontrou "altinhos" e, sendo acompanhado por uma segunda garrafa, conduziu-nos a altitudes ainda maiores. Quando voltamos a aterrissar no sofá, depois do cafezinho, nenhuma inibição nos separava...

Querendo trazê-la mais para perto, abri o volume da tese numa página qualquer e fingi encontrar um problema:

— Vem ver uma coisa... — falei.

Lucila se aproximou, encostando na minha a perna incandescente. Para enxergar o texto em meu colo, debruçou-se sobre mim, apoiando-se em meu peito. O gesto decretou a definitiva abolição dos meus limites. Segurei-a pela nuca e voltei-a para mim, para sorver seu hálito adamascado. Ela passou, provocante, a ponta da língua nos lábios graúdos. Preguei-lhe um beijo faminto, ao qual Lucila também se dedicou, entusiasmada, com os dedos se enfiando pelas aberturas de minha camisa.

Preferi me desabotoar de uma vez, abrindo o peito e, de quebra, a fivela do cinto. Ela fez o seu vestido deslizar pelo corpo até o chão, desaparecendo em seguida, num lance de mágica. Acabei de tirar a roupa enquanto ela se livrava da *lingerie*. Mergulhei sobre Lucila, no sofá, fartando-me como um bezerro em seus seios. Então assumi meu papel de macho e arremeti como um novilho bravio... Inútil prosseguir com uma descrição detalhada: o êxtase é sempre silêncio e repouso. Quando voltei a mim, já tinha acendido um cigarro e fumava no tapete, aos pés de Lucila, que, recostada no braço do sofá, depositava nos meus seus olhos negros e gratos, iluminados pelo fim do desejo.

Duas semanas mais tarde, ao saber que eu e Lucila estávamos nos encontrando mais do que o habitual para uma relação de trabalho, Zé Augusto ligou para mim, irritado:

— Moreira, você é um filho da puta. Está comendo a gostosona? Comer minhas autoras é uma atitude muito antiprofissional da sua parte, ouviu? Sou da opinião que envolvimentos devem ser evitados em ambientes de trabalho... Não quero saber de putaria nem na Pavão, nem na Lobo!

— Putaria, Zé Augusto? — reagi, indignado.

Ele mudou o tom da conversa:

— Estou disposto a perdoá-lo, se você garantir não deixar de entregar o texto da Lucila, prontinho, amanhã, quando vence seu prazo...

— Fique tranquilo, Zé Augusto — prometi, azedo. — E vê se você também faz um trabalho de edição decente, que o livro da Lucila merece. Depois, estou sabendo que você conseguiu extorquir dela 9.500 reais...

— Também não é nada profissional você se meter nas questões financeiras da editora...

— Não são só besteiras que se falam na cama....

— Não quero saber! Seu prazo termina amanhã, hein, Moreira! Não fode meus prazos! — rugiu Pavão Lobo, batendo o telefone na minha cara.

"Desenredo" desenredado: uma leitura possível, de Lucila Napolitano, foi lançado com um atraso de três meses em relação ao prazo previsto. Saiu, mas foi como se não tivesse saído, pois permaneceu — por mais de um semestre — ignorado pelos leitores, especializados ou não. Marquei uma conversa pessoal com o assessor de imprensa... Ofereci-lhe algum dinheiro meu, aceito de bom grado. Ele me garantiu arrumar uma resenha no *Estado* ou na *Folha*. Não conseguiu obter sequer uma notinha num jornal de bairro...

Lucila não se conformava. A tese tinha tirado nota dez, com distinção e louvor. Abordava um dos contos mais importantes de um dos mais importantes escritores brasileiros... Além disso, na leitura que fazia, de caráter sociológico, apontava inúmeras mazelas da nossa sociedade, patriarcal e capitalista... Mesmo assim, a obra acabou sendo alvo de uma única resenha — desfavorável, por sinal — numa revista universitária de outro estado.

Amarga, Lucila mostrou-a para mim, quando voltávamos de um teatro, numa noite abafada. Depois que li o artigo, declarei, esforçando-me para parecer otimista:

— Você já está ficando conhecida em todo o Brasil!

— Moreira, isso é sarcasmo e eu não tolero sarcasmo — grunhiu Lucila, sem olhar para mim.

Vomitando mau humor, foi se trancar em seu quarto. Antes, arremessou a porta no batente, para produzir uma explosão. Preparei meu espírito para uma longa espera. Ao longo de cinco meses de relacionamento, eu já me acostumara a ficar sujeito, repentinamente, a fortes chuvas e trovoadas. Lucila Napolitano tinha uma personalidade explosiva como o Vesúvio... Sobre os trilhos de uma portentosa montanha-russa emocional, deslizava numa fração de segundo das profundezas do abismo aos elevados picos da euforia, para só depois de vários *loopings* voltar à planície da sociabilidade.

Não é fácil manter o equilíbrio num terreno assim, sujeito a calamitosos processos tectônicos, mas eu acreditava que Lucila podia mudar e estava disposto colaborar com isso. Naquela noite, impávido, assistindo ao jornal da Globo, esperei a calmaria que sucede as tempestades. Ela chegou pouco depois das notícias de esporte, anunciada pelo som de uma chave que gira na fechadura. O ruído vinha do quarto de Lucila e foi seguido pela sua voz mais suave, num doce murmúrio endereçado a mim:

— Ah, amor, vem pra cá!...

Não pude deixá-la esperando. Encontrei-a estendida na cama, coberta apenas pela transparência do lençol. Ela me recebeu ao seu lado, com um beijo ofegante. Tirei a roupa, para sentir na pele a febre de seu torso apetitoso. Acariciei-lhe o ventre, por baixo da cambraia. Lucila gemeu, arrepiada, mas, ao sentir meus dedos roçarem a penugem do seu sexo, afastou minha mão, num gesto rude.

— Hoje, não, Moreira! — disse, decidida, desligando o abajur. — Hoje eu só quero dormir.

Curvei a cabeça à vontade de Lucila, dizendo reverente:

— Pode dormir, meu bem. Eu fico te fazendo um carinho...

Afagando seus cabelos lisos, abandonei-me à silenciosa contemplação de sua cândida imagem. Lucila não demorou a dormir, com um sorriso nos lábios serenos. Eu preferi permanecer — diligente e devotado — admirando-a no escuro e pastoreando seus sonhos. Só me rendi ao sono muito mais tarde, depois de constatar — mais uma vez — que eu amava aquela mulher acima de todas as coisas. Por Lucila, eu seria capaz de cometer um crime...

V

Há um caminho ligando a realidade à ficção, e o trânsito entre esses dois mundos é muito maior do que se imagina. Não se requerem vistos nem passaportes, por isso nem sequer nos damos conta quando cruzamos a fronteira. Na segunda-feira seguinte à reunião com Pavão Lobo, antes de me encontrar com o Dr. Paul Mahda, fui tomar o café da manhã na padaria da esquina da Barão de Tatuí com a alameda Barros.

Num aparelho de TV suspenso num canto do estabelecimento, um repórter entrevistava um tipo que parecia ter saído das páginas de um romance de Dashiel Hammett. Pontificava, porém, no Departamento de Homicídios da Polícia Civil do Estado de São Paulo. O Dr. Edgar Lopes Cliff era um homem alto, avermelhado, com sobrancelhas abastadas como duas taturanas. Usava uma deliciosa gravata-borboleta no colarinho e um terno risca de giz por baixo da elegante capa London Fog.

Segundo a reportagem, destacava-se na crônica policial brasileira por uma eficiência padrão CSI Miami, onde por sinal já havia estagiado. Sua folha de serviços incluía a solução de uma dúzia de assassinatos extraordinários, dada a violência dos crimes ou sua surpreendente autoria. Todos envolviam gente cuja fortuna era inversamente proporcional ao caráter, como um casal que jogara a filha da janela e uma menina que matara os pais a cacetadas.

Enquanto apareciam na telinha os retratos de algumas vítimas dos casos resolvidos pelo detetive, uma voz resumiu em *off* sua biografia. Era da cidade de Americana (o que explicava a aparência anglo-saxônica). Havia 16 anos, viera para a capital e ingressara, como investigador, na Polícia Civil. Formou-se em Direito no largo de São Francisco e passou no concurso para delegado. Eficiente — numa metrópole onde os crimes mais banais parecem insolúveis —, não demorou a destacar-se no cargo. Mas isso era tudo que se podia dizer sobre ele em trinta segundos.

A seguir, ao vivo, a câmera pôs no ar o delegado, que, respondendo a uma pergunta do repórter, passou a explicar como solucionara o homicídio de uma *socialite* que envenenara o marido e o amante, fugindo para Miami em companhia de uma manicure. Na época, o crime tinha arrebatado a opinião pública:

— Desde o princípio, ao levantar o histórico das vítimas — rememorou o delegado —, suspeitei de envenenamento por arsênico. Os dois apresentavam sintomas semelhantes: apatia, dores estomacais muito fortes, vômitos... Atualmente, há testes de laboratório que permitem medir a quantidade de arsênico impregnado nos fios de cabelo de um cadáver. Assim...

Não prestei atenção ao resto da história. Era ele — o personagem de *roman noir* — quem me fascinava. Seria confiável sua imagem *low-profile* de Sherlock paulistano? Ou aquilo não passava de encenação para os telespectadores? Não seria Lopes

Cliff um tira usual, arrogante e violento, acostumado a extrair confissões na porrada?...

Eu me sentia disposto a botar o X nessa última alternativa, mas não podia me demorar no exame daquela curiosa figura — com a qual esperava nunca topar na vida. Outro personagem não menos interessante me aguardava dali a quarenta minutos. Terminei minha média e o pão com manteiga, flertei com a garota do caixa enquanto pagava a despesa e me mandei para o ponto de táxi.

— Bom dia — falei ao motorista, que fechou seu jornal de esportes quando entrei no carro. — Vamos ao Pacaembu, numa rua que fica entre o estádio e a Cardoso de Almeida. Ao chegarmos perto, indico o endereço certinho.

— Vamos lá — disse ele, enquanto manobrava, e começou a comentar a partida de futebol sobre a qual estava lendo: — Ou o Corinthians troca de centroavante ou vai para a lanterna, não acha?...

Sem dar ouvidos ao blá-blá-blá do fulano, comecei a me interrogar sobre o interminável prestígio do livro em nossa iletrada civilização brasileira... Por que — para tanta gente a quem a literatura diz muito pouco ou quase nada — é tão importante investir-se na duvidosa glória do literato? Em outras palavras: o que teria levado homens como Getúlio Vargas, Assis Chateaubriand ou o general Lyra Tavares a sentar numa cadeira na Academia Brasileira de Letras?

Sem chegar a uma conclusão, depois de meia hora num trânsito infernal, desembarquei em frente ao meu destino, um casarão de pastilhas verde-claras, com dois andares e uma arquitetura típica da década de 1950. Aliás, parecia permanecer na mesma época a rua que o abrigava. Arborizada e silenciosa, a alameda Itaguaí é pequena e se esconde no emaranhado das outras ruas residenciais do bairro. Um daqueles oásis com que São Paulo nos brinda, inesperadamente, revelando que ainda não está completamente degradada.

O imponente *home office* do analista era cercado por muros altos e guarnecido por um portão blindado, onde uma velhota vestida de branco veio ao meu encontro, depois que me apresentei pelo interfone. Mediu-me da cabeça aos pés e, com descaso, conduziu-me à sala de espera. Ali permaneci, por 15 esgarçados minutos, na busca vã de um cinzeiro. Quando pensei em substituí-lo por um copinho descartável de café, fui contido por outra funcionária — uma mulata de quadris opulentos — que arrancou o cigarro da minha mão e me indicou o caminho da sala do analista.

O consultório — originalmente uma suíte, no andar de cima — era alegre e ensolarado, um lugar que parecia feito para deixar o visitante à vontade. A mobília o dividia em dois ambientes: uma sala de estar, com o divã e uma poltrona sobre um tapete felpudo, e o gabinete, dominado por uma escrivaninha com duas cadeiras simples na frente, para o paciente e um eventual acompanhante, e uma giratória, para o analista.

Completava o escritório, tomando a parede de alto a baixo, uma estante repleta de livros de encadernação luxuosa, no centro da qual se erigia um portentoso busto de bronze de Sigmund Freud. Dali, com um ricto impassível na boca e o ar indiscutivelmente totêmico, o pai da psicanálise dava um aval tácito às *performances* de seu discípulo brasileiro.

Ao me enxergar pela abertura da porta, o analista fez um gesto com o indicador e o médio, convidando-me a entrar:

— Bom dia, Moreira... Muito prazer — disse e me estendeu a mão, sem levantar de seu lugar na escrivaninha. — Teve dificuldade em encontrar o consultório?

— Não, não... — respondi, aborrecido com o atraso, fechando a porta atrás de mim. — Tanto que cheguei às dez horas. Pontualmente...

— Queira sentar-se — ele replicou, fazendo-se de surdo à minha indireta. — Tenha a bondade...

Sentei e demos início a um duplo *check-up* fisionômico. Se eu me encontrava diante de um picareta, tratava-se de um que sabia compor com eficiência um tipo distinto, conseguindo me encarar lá das alturas, mesmo com nossos olhos alinhados. Paul Mahda me examinava com a arrogância dos que desvendaram os mistérios da psique ou pelo menos disso se aproximaram, com sua expressão de místico oriental, habilmente plasmada no rosto de um bem-sucedido profissional da psiquiatria.

Mas eu não era propriamente um paciente em potencial, de modo que dispensava a *mise-en-scène*. Desviei o olhar e soltei um suspiro impaciente, indicando que cabia a ele a honra da abertura do nosso colóquio.

Para se fazer de agradável, o terapeuta falou, a modo de comentário:

— O professor Zé Augusto me deu ótimas referências suas...

— A recíproca é verdadeira... — respondi, sorrindo, para quebrar o gelo. — Quer dizer, ele não falou quase nada do senhor, de modo que eu sei muito pouco a seu respeito. Também não sei nada do trabalho que o senhor desenvolve.

Pela cara que fez, essa minha declaração teve o sabor de um desacato. Como alguém poderia desconhecê-lo? Cuidado, Moreira! — disse com meus botões e tentei consertar:

— Só sei o que li nos jornais...

O Dr. Mahda, apoiando o queixo sobre o punho, aceitou a desculpa e concedeu:

— Pode me chamar de você... Afinal de contas, você é um profissional, um jornalista... Pode ficar à vontade! Estou à sua disposição. O que você precisa saber de mim para escrever o seu livro?...

— O seu livro... — corrigi, apontando para ele, como quem faz um gracejo.

— Naturalmente... — o analista emendou-se, com uma risadinha que procurava não ser cínica. — O que você quer saber?

Era uma pergunta que eu realmente não esperava. Como a grande maioria dos estelionatários, os escritores que não sabem escrever costumam ser muito falantes. Em geral, bem antes de serem perguntados, já apresentam um detalhado resumo daquilo que têm em mente, dando ao escritor fantasma uma orientação suficiente para começar a fazer perguntas sobre o desenvolvimento do tema. Mas o olhar inerte do Dr. Paul Mahda deixava claro que ele só poderia ser uma exceção à regra. Quem sabe isso não se devia ao costume profissional de escutar o tempo todo e deixar escapulir uns monossílabos de vez em quando?

— Você podia começar dizendo alguma coisa sobre você mesmo... — sugeri, retirando o gravador da minha pasta. — Você se importa se eu começar a gravar agora? Talvez essas informações já sejam úteis para o nosso texto...

O entrevistado empertigou-se na poltrona, ajeitando a gola do casaco para desfiar o seu currículo universitário:

— Sou psiquiatra, formado pela USP. Tenho mestrado em Cornell e doutorado na Sorbonne...

Prolongando as reticências, ele apontou para um punhado de diplomas na parede ao nosso lado, quem sabe à espera de aplausos diante daquela muralha de qualificação acadêmica. Mas por que eu haveria de aplaudi-lo? Também existem alunos de segunda nas universidades de primeira... Preferi desempenhar o meu papel de jornalista e apelei para uma pergunta básica:

— Qual é a sua linha metodológica?

A resposta veio com ares de uma profissão de fé:

— Digamos que sou lacaniano, membro, inclusive, da Associação Jacques Lacan de São Paulo... Mas, como médico, não desprezo os avanços da indústria farmacêutica, nem as contribuições heterodoxas, que podem vir das seitas afro-brasileiras ou dos oráculos milenares...

O terapeuta fez nova pausa, obrigatória para eu digerir tamanho ecumenismo científico. Atordoado, resolvi que devia bancar o analista e deixar somente escapar um monossílabo, à espera de mais informações. O Dr. Paul Mahda mordeu a isca e foi direto ao assunto:

— Tenho uma clientela verdadeiramente VIP, formada por atores, atrizes, modelos, empresários, políticos... Enfim, gente bonita, que faz sucesso e está de bem com a vida! Gente a quem eu ajudo, afastando as energias negativas que obscurecem o brilho do ser humano...

Lacan, fluoxetina e charlatanismo, pensei, exclusivamente para bacanas. Mas o que eu podia esperar de um cliente de Pavão Lobo? Eu já devia saber de antemão que ia lidar com um vigarista, problema que, no caso de Paul Mahda, afetava exclusivamente os seus pacientes. Contanto que ele soubesse vender o seu peixe, cabia-me apenas cumprir o meu dever profissional de registrar e transcrever, com os devidos cuidados gramaticais e literários.

Enfim, lembrando que deveria haver uma biografia na contracapa, perguntei há quanto tempo clinicava.

— Há mais de 15 anos... Aliás, tenho alguns pacientes que estão comigo desde aquela época — respondeu, orgulhoso, sem suspeitar que eu tinha leitura suficiente para saber do descrédito em que se encontram as terapias intermináveis.

— Mas, afinal, meu caro Dr. Paul — perguntei de chofre, como um bom repórter, para arrancar a informação fundamental, que até então permanecia encalacrada —, do que vai tratar a obra que escreveremos?

Minha escolha da expressão não poderia ser mais desastrada. A primeira pessoa do plural não lhe agradou nem um pouquinho:

— Veja — advertiu, ríspido —, quero que uma coisa fique bem clara desde já: você vai escrever, mas o livro é meu. A criação é minha!... Trata-se das minhas ideias. Minhas, exclusivamente minhas!

— Nem me passou pela cabeça o contrário... — esclareci, com a mais humilde honestidade.

Mas ele insistiu em reesclarecer:

— Você só vai botar no papel, com as suas palavras, as minhas ideias... Eu não tenho tempo para escrever, sabe? Possuo muitos pacientes, dou *workshops* e palestras... A bem da verdade, minha agenda já está lotada até o fim do ano! Você acha que me sobra algum tempo para sentar diante da tela de um computador? É humanamente impossível!

— Fique tranquilo — procurei acalmá-lo. — É exatamente por isso que estou aqui. Sou um fantasma com grande consciência profissional.

O Dr. Paul Mahda riu da brincadeira e revelou, procurando me animar:

— Mas veja! Você também vai ter a oportunidade de ser criativo. Afinal, queremos que o livro seja uma verdadeira obra de arte, não é isso?

— Claro... — concordei, sabendo que não era o caso de aspirar a nenhum valor estético.

— Para isso, você também vai ter de colocar muito de si mesmo no meu texto. Está me entendendo?

— Claro, claro! — menti, certo de me desembaraçar da tarefa do modo mais impessoal possível. — Mas e quanto ao tema? Você ainda não me falou sobre ele...

Era chegada a hora da revelação, ou ao menos eu assim esperava:

— Bom, eu vou lhe apresentar, em linhas gerais, vários tópicos fulcrais sobre a interface entre o masculino e o feminino... Questões que permitem reavaliar o relacionamento homem-mulher, para possibilitar a ambos uma vida afetiva equilibrada... Descobertas minhas, que não tirei dos livros! Vêm da minha prática terapêutica, da minha experiência com o divã e o consultório, das observações empíricas. Deu para entender?

Tudo. Exceto quais eram os tais tópicos fulcrais sobre a interface entre o masculino e o feminino, que ele pretendia fazer passar pela última palavra da psicanálise. Quanto a isso, eu continuava vazio como um buraco negro. Então, tentei argumentar que aquela era uma expressão muito vaga, mas ele não me deixou chegar aonde eu queria.

— Você precisa estar muito motivado para fazer a coisa... — mudou de assunto, com um oferecimento ambíguo: — Quando você se sentir desmotivado, me procure imediatamente... Pode deixar que eu motivo você! Faremos uma sessão de motivação aqui no meu consultório. Que me diz?

Quis responder dizendo que eu tinha 16 mil bons motivos para escrever tudo o que ele mandasse, até duzentas laudas, conforme o combinado. Mas estava completamente estarrecido com a possibilidade de essa última oferta ter sido uma cantada. Não tive tempo de examinar o assunto. Seguiu-se uma cena arrebatadora, característica de uma telenovela mexicana...

VI

De repente — sem o presságio de nenhum ruído —, a porta se abriu atrás de mim, num estrondo. Entrou na sala uma mulher loira, elegante, madura, prestes a explodir num ataque de nervos. Atrás dela, corriam as duas secretárias, aflitas, tentando impedir o seu avanço, como se isso ainda fosse possível. Com um sorriso triunfante nos lábios e as mãos na cintura, a loira já estava postada diante do analista, com um ar fulminante. A intromissão fez o Dr. Paul Mahda estremecer como se submetido a um tratamento de choque.

Encolhendo-se na poltrona, o psiquiatra exclamou, apavorado:

— Eunice!...

— Canalha! — sentenciou a bela intrusa, com o indicador em sua cara. — Você não passa de um canalha!

A acusação foi seguida por um vasto silêncio, embaraçoso e profundo. As secretárias fixavam o patrão, estarrecidas, num mudo pedido de clemência. O Dr. Paul Mahda não despregava os olhos da recém-chegada, aterrorizado como se estivesse diante de um fantasma. Eunice permanecia onde estava, imóvel, desafiadora, atrevida. Achei melhor abaixar a cabeça, fingindo examinar o estado precário do meu par de tênis...

Então, escutei o médico levantar-se, brusco, obrigado a confrontá-la:

— Fique calma, Eunice. Sente-se — pediu e, dirigindo-se a uma das secretárias, ordenou: —Traga um copo d'água.

— Você está me deixando maluca! — declarou Eunice, furiosa, com os olhos faiscando. — Meu Deus! O meu analista está me enlouquecendo!

Enquanto isso, o Dr. Paul Mahda abriu uma gaveta da escrivaninha, onde guardava as amostras grátis de remédios controlados. Pegou uma caixinha atravessada por uma tarja preta e ofereceu à loira um comprimido cor-de-rosa:

— Tome um desses, vai te fazer bem.

Se ele tinha a ilusão de reconduzi-la a seu papel de paciente, perdeu-a junto com o comprimido, que um tapa da loira mandou para o espaço.

— Enfia isso no cu, seu médico de merda! Tá pensando que vai me encher de comprimidos, enquanto come suas outras pacientes?

O Dr. Paul Mahda sentou-se novamente, tomando fôlego. Levou a mão ao queixo, para assumir uma expressão de autoridade:

— Você parou de tomar os seus remédios, não é? — diagnosticou, como se estivesse no controle da situação. — Eu lhe disse que você não podia passar nem um dia sem os seus comprimidos.

— Mas que cara de pau, seu cafajeste! — riu-se a mulher, com enfático desprezo. — Quer saber de uma coisa? De nós dois, eu não sei qual é o mais doido, mas estou começando a achar que é você...

Tentei aproveitar a breve pausa para saber se os dois não preferiam ficar a sós, mas ninguém parecia se incomodar com a minha existência. O drama prosseguiu, entrecortado por silêncios dúbios que serviam somente para intensificar seu caráter tragicômico. As secretárias continuavam paralisadas, num transe de pânico. O Dr. Paul Mahda fez sinal para elas saírem da sala. Eunice, de honra pré-lavada, experimentava um novo sorriso de triunfo. Mas o analista, de pé, com os punhos cravados na escrivaninha, cuidou de contra-atacar:

— Eu pelo menos não estou me descabelando, aos gritos, na frente de todo mundo! — afirmou. — Eu não perdi a cabeça...

O sarcasmo pôs fim ao último vestígio de civilidade em sua oponente:

— Eu te mato, Paul! Eu te mato! — Eunice urrou, possessa.

Não se tratava absolutamente de uma ameaça metafórica. Com uma centelha homicida no olhar e as unhas em riste, a fera avançou na direção da presa. O psiquiatra esquivou-se e zarpou da escrivaninha, para se esconder atrás de mim. A expressão alucinada no olhar de Eunice deixava claro que ela não se importaria de exterminar uma legião de inocentes para punir um único culpado. Num segundo, minha vida inteira desfilou ante meus olhos...

O Dr. Paul Mahda, porém, conseguiu conter o avanço do inimigo, declarando como quem detona uma granada:

— Eu tive uma conversa muito séria com seu marido, ontem à noite. Se eu voltar a falar com ele, Eunice, o Washington te manda passar uma temporada em uma clínica de repouso, sabia?...

Essas palavras tiveram sobre ela um efeito devastador. A mulher interrompeu no ar sua investida e deixou-se ficar paralisada, num hiato longo e tenso. Sem saber como intervir, passei a imaginar se chegaria a descobrir os conflitos por trás daquele inesperado folhetim. O que levara ao desespero uma mulher distinta (e interessante) como Eunice? O que Paul Mahda lhe teria feito? Com certeza, alguma coisa que ultrapassava os limites da relação entre paciente e terapeuta... Mas era melhor deixar de lado as especulações, para acompanhar o desenvolvimento da trama...

— Washington, Washington... — Eunice repetiu o nome do marido, com um fiapo de voz, antes de voltar às ameaças: — Você não pode fazer isso... Vou te denunciar ao Conselho Regional de Medicina! Eu te processo! Vou botar você atrás das grades!

O médico estendeu-lhe novamente um comprimido, e uma das secretárias apareceu, afinal, com o copo de água. Eunice vacilou, mas acabou engolindo o calmante. Em seguida, naufragou num espasmo de choro, cobrindo o rosto num gesto de pudor. O Dr. Mahda se aproximou, fingindo interesse e dizendo:

— Calma, querida. Você logo estará melhor. Minha assistente vai levá-la a uma sala confortável, onde você poderá descansar, antes de voltar para casa. Mais tarde eu telefono e conversamos como adultos. Aliás, amanhã quero vê-la sem falta. Dona Magnólia vai lhe informar o horário.

A velhota e a mulata cercaram Eunice, decididas, segurando-a pelos braços. Dessa vez a mulher não resistiu. Ia dizer alguma coisa, mas o Dr. Paul Mahda perguntou com sarcasmo:

— Quer que eu chame o Washington ou outra pessoa para vir buscá-la?

Ao escutar de novo o nome do marido, a paciente aceitou o xeque-mate. Deixou-se subjugar, quase catatônica.

Triunfante, o psiquiatra recomendou que a instalassem em outro quarto e a deixassem dormir por uma hora. Para nos tranquilizar a todos, concluiu:

— Só quero que ela descanse e fique bem para sair daqui.

Represando as lágrimas, a paciente deixou-se escoltar para fora da sala. A mulata fechou a porta ao sair, atirando um sorriso ambíguo ao patrão. Mais uma vez um silêncio oco dominou o consultório, e eu, afinal, me materializei novamente para o terapeuta.

Paul Mahda voltou-se para mim, pedindo compreensão:

— Desculpe, mas coisas assim podem acontecer em um consultório de psiquiatria...

— Eu compreendo — garanti, procurando parecer sincero.

— Se me der licença, preciso dar um telefonema urgente.

— Claro... Vou tomar um café na recepção — concordei, atrapalhado, sem saber como me comportar.

Entretanto, esqueci de fechar a porta ao sair e não ousei deixar o corredor onde me encontrava. Fingindo admirar uma gravura na parede, pude escutar parte da conversa do analista ao telefone.

Como quem cumpre uma dolorosa obrigação profissional, o terapeuta não fez rodeios:

— O pior aconteceu, Washington... A Eunice está aqui. Sim, sim... devidamente medicada. Como?... Foi uma crise terrível, sabe? Com delírios de fundo paranoico. Não é possível adiar mais a internação. Esteja aqui em no máximo uma hora para tratarmos dos detalhes...

Washington, creio, deve ter concordado prontamente, pois o Dr. Paul Mahda desligou em seguida, sem dizer outras palavras. Depois falou pelo interfone com uma das secretárias, dizendo que me fizesse entrar de novo.

— Mas ele não está aqui — a voz da velhota ressoou, fanhosa, no aparelho.

A porta aberta de um banheiro foi a minha salvação. Me enfiei por ela e fechei-a, enquanto o psiquiatra deixava seu gabinete à minha procura. Ao ouvi-lo caminhar pelo corredor, apertei a válvula Hydra e depois abri a torneira da pia, lavando o rosto e as mãos. O expediente serviu para tranquilizar o analista quanto ao fato de eu ter ouvido alguma coisa que não devia. Quando deixei meu esconderijo, ele me encarou impassível, como se nada tivesse acontecido:

— Faz parte do meu trabalho lidar com esse tipo de crise — explicou, compenetrado, como se o episódio não desse margem a interpretações menos patológicas. — Eu sei que para você, que não é do ramo, pode parecer assustador o comportamento de uma pessoa que perde a razão, mas...

Mas eu não tinha o mínimo interesse em deixar esse insólito episódio se interpor entre mim e o dinheiro de Pavão Lobo. Embora a crise de Eunice não me parecesse de ordem psiquiátrica, não me sentia devidamente qualificado para fazer qualquer diagnóstico. Com uma palmadinha no ombro de Paul Mahda, garanti:

— Não é do meu feitio me intrometer em assuntos que não me dizem respeito. Por mais que uma situação dessas impressione quem não é da área da saúde mental, não tenho nada com isso.

Cocei a nuca e concluí que seria melhor voltar ao trabalho:

— Você ainda não deixou claro o conteúdo do seu livro...

Pelo olhar que me deu, o analista estava me julgando um completo idiota.

— Em linhas gerais, claro, você me deu uma boa ideia — menti, para não assumir o papel de cretino —, mas eu preciso de mais detalhes...

Paul Mahda não me escutou e manifestou outra preocupação:
— Você vai manter sigilo sobre tudo o que ouvir aqui?
— Menos o que você quiser que eu ponha no livro... — expliquei, aproveitando para insistir: — Que tal definirmos melhor o seu tema?

Consultando o Rolex no pulso, o terapeuta advertiu:
— Agora não tenho mais tempo. O paciente das 11 já deve ter chegado.
— Sim, mas... — tentei protestar.
— Você vai ter de reunir tudo o que falei e organizar a minha teoria — continuou, sem nenhum acréscimo elucidativo. — Vai também ilustrá-la com historinhas, sabe? Por exemplo, você cria um casal, mostra como eles passam pelo problema que estou descrevendo. Daí conta que eles vieram me procurar e resolvi a questão em algumas sessões de terapia. Ah! Você sabe, não sabe?... Soltar a imaginação é o seu ofício!
— Sim, mas...
— Onze e cinco! — constatou o analista, com um sorriso peremptório.

Sem mais mesuras, levantou e fez sinal para eu acompanhá-lo. Sem mais objeções, deixei-me conduzir até a escadaria. Quando o relógio exigia, ele sabia se desembaraçar de gente inoportuna...
— Marca com a dona Magnólia a nossa próxima sessão — explicou, empurrando-me para baixo. — Ela conhece meus horários melhor do que ninguém.

Na recepção, a velhota, antipática, agendou a consulta para dali a dois dias, depois de revirar os compromissos do analista no computador.
— Vou ter de remarcar duas consultas para lhe abrir uma brecha na agenda do doutor — disse, como se me fizesse imensa deferência.

Aliás, o fato de dona Magnólia ser a velhota aborrecida — e não a mulata gostosa — já me deixara bastante irritado. Além disso, também já estava puto por não ter conseguido arrancar uma única palavra útil do entrevistado. Saí do analista imaginando um livro fantasmagórico, sem tema, com as palavras dispersas arbitrariamente na página, formando sentenças vazias. Em vez de ler, o leitor acompanharia somente uma sucessão de parágrafos, também aleatórios, que não fariam o mínimo sentido.

Voltei à realidade lembrando que um escritor fantasma seria desnecessário a um antilivro assim. Então, passei mais uma vez à fantasia, pois irrompeu em minha mente — num *flash* — a lembrança melancólica da voluptuosa Eunice, querendo esquartejar o terapeuta. Sacudi a cabeça, para espantar essa imagem impertinente. Esse era um assunto que definitivamente não me dizia respeito.

Era melhor me preocupar com o meu problema, que não era nem um pouco pequeno: a nada improvável hipótese de as ideias do Dr. Paul Mahda — todas elas — não serem suficientes para preencher mais de três páginas — o que deixava por conta da minha pobre imaginação preencher as 197 restantes. Buscando manter o sangue-frio, tentei me convencer de que alguma coisa — por pior que fosse — o analista teria para dizer. Afinal, tinha diplomas universitários, contato com pessoas inteligentes, e seu discurso na mídia, até onde eu pesquisara, não era desprovido de sentido.

Voltei para casa de ônibus, ao lado de uma adolescente, que lia com visível deleite *O alienista*, numa edição escolar da Editora Pavão. Por trás dos óculos de aros coloridos, seus olhos cintilavam... Senti um nó na garganta, engravatada por um horrível remorso. Lembrei os leitores das obras que escrevi, para o sucesso alheio... Que diabo poderiam ganhar com meu texto?

Pensei que devia me redimir, escrevendo uma obra de ficção de verdade. Um romance — se possível em grande estilo — que falasse à sensibilidade e à inteligência de quem me lesse... Uma fábula, sim, mas que estabelecesse entre mim e o leitor um diálogo elevado, capaz de aprofundar visões de mundo e avançar no mistério da vida. Mas um romance? Sobre o quê? Para que leitores? — O que esse gênero oitocentista ainda tem a dizer na era da multimídia?

Diante desse impasse, resolvi ligar para Zé Augusto e aliviar o meu sentimento de culpa. Saquei o celular e teclei o número da editora. A secretária atendeu e transferiu a ligação.

— Que é, Moreira? — perguntou, enfezado.

— Você, o Dr. Paul Mahda, eu... — declarei — nós todos vivemos da impostura. Somos todos uns farsantes!

O editor uivou do outro lado:

— Porra, Moreira, são 11 e meia da manhã! Estou de ressaca! Não me venha com moralismo!

E bateu o telefone na minha cara.

VII

Sem imaginar as surpresas que a noite me reservara, passei a tarde assombrado pelo fantasma do autor que eu tinha de psicografar. Que consistência podia esperar das ideias do Dr. Paul Mahda? Teriam algum fundamento, ainda que no mais simples bom senso? A julgar pela entrevista da manhã, o homem não passava de uma sofisticada embalagem, completamente vazia.

A experiência já me havia ensinado como é difícil ser o *ghost* de autores desse gênero. Em geral, é gente que não tem mais que uma única ideia, ainda assim banal ou reciclada. Por uma completa falta de leitura, acreditam que isso basta para encher um sólido volume, condenando o escritor fantasma à horripilante pena de repetir e repetir o mesmo conteúdo a cada dez ou quinze páginas, de uma forma sempre diferente, como se houvesse um estoque ilimitado de sinônimos e paráfrases!

Na verdade, a repetição é a essência de qualquer texto de autoajuda... O já sabido acalma e consola. Acaba predispondo o leitor a aceitar sem questionamentos a doutrina impressa — conceitos que se repetem num ritual hipnótico... Mas análises críticas não serviriam para amenizar meu desespero: a perspectiva de ser o fantasma do Dr. Paul Mahda parecia cada vez mais assustadora...

Enfim, no começo da noite, após duas doses de *scotch* para exorcizar o medo, lembrei do fim de semana com Lucila: dois dias de comemoração e sexo. O dinheiro do livro a ser escrito me permitiria acompanhá-la em sua viagem a Nova York, programada para o fim do ano... Mas nem álcool nem lembranças eram suficientes para afastar de vez minha aflição doentia. Puta que pariu!

Eu precisava expulsar de mim os meus fantasmas, e a melhor maneira de fazê-lo era transformá-los em palavras. Arejar o meu espírito com um sonoro desabafo. Resolvi telefonar para Lucila. Convidá-la para um *unhappy hour*, num bar de sua escolha.

— Ah, Moreira... Acho que eu prefiro ir ao cinema — disse minha namorada, sem reparar em meu estado de ânimo. — O Cine Belas-Artes está passando um filme iraniano fantástico, que eu ainda não vi. Vai estar em cartaz só hoje. Não dá para perder!

Meu apreço pela cinematografia iraniana é o mesmo dos aiatolás pelos direitos femininos. Mas eu me sentia incapaz de indeferir qualquer pedido de Lucila. Era mais forte do que eu. Ultrapassava toda a minha capacidade de resistência. Combinamos de nos encontrar às nove e meia, na frente da bilheteria. Ela chegou cinco minutos antes do início da sessão. Esbaforida, nem me deu tempo de lhe dizer boa noite. Arrastou-me para dentro do cinema, em busca de um bom lugar, enquanto as luzes permaneciam acesas.

Depois do aviso de segurança e dos *trailers*, o auditório mergulhou em silêncio, um silêncio reverente que só se escuta nas plateias de filmes iranianos. Mas nem a magnífica paisagem da velha Pérsia conseguiu manter o interesse de Lucila no arrastado desenredo projetado na tela... Então, como de hábito, quando um filme não lhe apetecia, minha namorada puxou conversa, contando que tivera de faltar ao analista para ver a filha, acometida de caxumba.

Não me agrada falar no cinema, nem mesmo para espantar o tédio, mas aproveitei a deixa para avançar no problema que me consumia:

— As bruxas estão soltas hoje! Esse trabalho que peguei, apesar de bem pago, é uma imensa enrascada... Um quiproquó tremendo! Hoje de manhã estive com o autor do livro que vou escrever... O cara é um colossal cretino! Duvido que tenha qualquer coisa a dizer que resulte num livro. Dá para imaginar? Vou ter de escrever duzentas páginas sobre porra nenhuma...

— Não estou interessada nessa história. Não quero saber — cortou Lucila, ríspida, retrocedendo, porém, logo depois, com uma condição: — Não quero saber, se você não me contar quem é o cara...

Não sei quanto a outros fantasmas, mas eu não costumo revelar o nome dos autores que encarno. Trata-se de uma evidente questão de sigilo profissional, igual ao dos advogados e dos médicos. Contudo, minha insistência em preservar o segredo tinha aguçado a curiosidade infantil de Lucila. Durante todo o fim de semana, ela tentara, em vão, me extrair a identidade do meu cliente... Agora, para não perder a ocasião, insistiu mais uma vez, em voz alta:

— Afinal, Moreira, você vai me dizer ou não o nome do cara?

— Shh... — fez um espectador, atrás de nós, incomodado com o barulho...

Lucila não deu a mínima para a manifestação. Continuou a me cobrar uma resposta, sempre falando em voz alta:

— Não vai dizer, né, Moreira? Então tá bom... Mas não me venha depois chorar as pitangas comigo! Nem me fale nesse trabalho novamente! Não quero mais saber dessa história, escutou? Não quero saber!

Como o profissionalismo não a convencia, decidi apostar em outro argumento, mais incisivo. Sem perceber que ia falando alto também, retruquei, cheio de mim:

— Lucila, ele é psiquiatra. É só o que posso dizer. E você também nunca me disse o nome do seu analista. Aliás, você faz o maior mistério em torno da sua análise... E quer saber? De pura birra! Não conta, não conta e acabou. Mas eu nunca te cobrei nada... Nunca cobrei, não é verdade?

— Shh! — fez o cara de trás novamente, com um cutucão em meu ombro.

— Que gente sem educação! — exclamou Lucila, olhando para trás, e rebateu minha argumentação, quase aos gritos: — Birra, Moreira?! Não é por birra que eu não falo da minha análise. Acontece que esse é um assunto pessoal e intransferível. Meu, exclusivamente meu. Eu me sentiria invadida se tivesse de te dizer o nome do meu analista, sabia?

— Então você não diz o nome do seu e eu também não digo o do meu! — repliquei, alto e bom som, para encerrar o assunto.

— Legal! — aprovou o cara de trás, mordaz, ao pé do meu ouvido. — Muito justo! Mas agora é melhor vocês ficarem quietinhos e deixarem a gente ver o filme...

— Mas é muita audácia! — retrucou Lucila, voltando-se para o engraçadinho. — Sua mãe não te deu educação, não?

— Quem é você para falar de educação? — intrometeu-se um vulto de mulher, duas poltronas adiante. — Onde já se viu ficar batendo papo no meio do filme!

Lucila, implacável, voltou-se para o lado, tentando identificar de quem partira o inaceitável comentário. Queria liquidar a intrometida imediatamente e voltar ao duelo com o primeiro adversário. Segurei-a pela mão, como quem pede calma, ao menos para evitar um vexame. Ela não me atendeu, mas também não conseguiu encontrar a oponente, pois outras duas mulheres, na fila da frente, voltaram-se para nós, com o indicador nos lábios:

— Cala a boca!!!

Perdendo definitivamente a compostura, Lucila gritou:

— Merda!

Para piorar, do burburinho que dominou a sala, formou-se um coro afinado, que exigia imediatamente:

— Silêncio! Silêncio!

— Virou folia — resmunguei, tentando manter o bom humor. — Esse é o país do carnaval!

Com as mãos na cintura, ela voltou-se para mim, exigindo uma reação contra o tipo atrás de nós — cujo físico estava mais para um fã de Rambo do que de cinema iraniano. Esbocei um pacífico sorriso e chamei atenção de minha namorada para um detalhe do magnífico tapete persa que se desenrolava na tela naquele momento. Meu gesto foi tomado por uma intolerável covardia.

Fora de si, Lucila se levantou e rumou para o corredor. Bateu em retirada, atropelando pernas e sapatos ao longo de seu caminho. Segui atrás dela, atarantado. O dia começou com um melodrama, agora ia terminar feito chanchada.

— Meu amor, tem dó! — eu suplicava. — Não faz isso comigo, não...

— Fora! Fora! Fora! — urrava a plateia atrás de nós.

Só do lado de fora do cinema consegui alcançar Lucila, em meio a outros pedestres, que se aglomeravam para desviar das bancas de livros usados na calçada da Consolação. Lucila já dobrava a esquina da Paulista, rumo ao estacionamento onde deixara o carro. Tentei segurá-la pelo braço e fazê-la ir devagar, mas ela se livrou de mim com um tranco, sem sequer me olhar na cara. Irritado, parei e deixei-a avançar, sozinha, mas logo me arrependi e corri para junto dela, como um adolescente inseguro.

— Deixa eu ao menos andar do seu lado? — sugeri, cortês, com as mãos erguidas para demonstrar que nem imaginava tocá-la. — Deixa eu te abrir a porta do carro, antes de você ir embora?

Lucila conteve um sorrisinho sem-vergonha e diminuiu o passo. Já não mostrava na testa os vincos da ira, mas isso não significava que ela pretendia me deixar impune... Se não podia me culpar pelo ultraje da plateia, continuava pendente entre nós a questão da psicanálise, que ela decidiu retomar, sob uma nova perspectiva.

Enquanto eu estendia uma nota de vinte ao caixa do estacionamento, ela declarou, com inabalável convicção:

— Você tem que fazer terapia, Moreira! Botar para fora as suas neuroses! Veja o caso de você não dirigir, por exemplo. Tá na cara que aí existe algum problema inconsciente. Mas a questão é que você não leva esse assunto a sério... Vive fazendo piadinhas... Transforma tudo em palhaçada!

Apesar de ter conseguido uma carta de habilitação, dirijo mal e acabo visitando a funilaria com uma frequência muito maior que a desejada. Por isso não me arrisco a dirigir em cidades com mais de 30 mil habitantes. Pensei em lembrá-la de tudo isso, fazendo graça, mas achei melhor continuar calado... Levei-a em direção ao seu Renault, guardando meu troco.

Procurando a chave na bolsa, Lucila atacou de novo:

— Acho incrível que um cara como você não consiga compreender a importância de passar por um processo de análise...

— O que eu posso dizer? — procurei argumentar, aproveitando para esvaziar o caráter pessoal da conversa. — São tantas as linhas terapêuticas... O velho Freud anda desacreditado... Também não se pode dizer que Jung seja uma unanimidade científica. A psiquiatria, por sua vez, fez dos antidepressivos uma infalível panaceia, sob o generoso patrocínio da indústria farmacêutica...

— Você não tem é coragem de enfrentar um analista — replicou Lucila, com desdém, entrando no carro. — Isso é pura covardia!

— Já pensou se eu caio nas mãos de um farsante, como o autor do meu livro? — repliquei, com igual desdém, enquanto travava o cinto de segurança. — Deus me livre! Tenho pena dos pacientes desse cara!

— E você acha que todos os terapeutas são picaretas? — indagou Lucila, indignada, decidida a me calar com um exemplo concreto. — O meu não é. O meu é excelente! É demais! Um puta profissional! Você devia conhecê-lo...

— Então me dá o nome dele, o telefone... Quem sabe eu ligo para ele e marco uma sessão para mim? — provoquei, acendendo um cigarro, enquanto a gente se enfiava no trânsito da avenida Paulista, que se perdia na noite, transformada pelos faróis dos veículos numa bandeira de listras brancas e vermelhas.

— Foi força de expressão, Moreira... — ela respondeu, com uma careta. — Lamento, mas você vai ter de procurar outro.

Esse é meu. Pessoal e intransferível. Meu analista me entende, me conhece a fundo, vai fundo dentro de mim...

— Calma aí!

— Além do mais, você sabe que não é recomendável o mesmo analista atender duas pessoas íntimas como eu e você.

A noite era agora um denso nevoeiro que se espargia em todas as direções, transformando o mundo fora do carro num difuso quadro pontilhista. A ambiguidade da frase de Lucila, enfatizada por seu enlevo, acabou de vez com a minha boa vontade. Porra! Achei afeto demais para um relacionamento clínico... Qual era aquela história de ir fundo dentro dela?!

Acendi outro cigarro na bituca do primeiro, quando chegávamos à rua Estados Unidos, e parti para o contra-ataque.

— Ele te entende, mas cobra caro por isso — disparei. — Pelo que você me falou, já teve até de pedir dinheiro emprestado ao seu ex-marido, para pagar umas sessões... Eu lembro, pensa que não? Isso foi uns dois anos atrás, antes de a gente se conhecer...

Sem encontrar uma resposta oportuna, Lucila bufou e tentou sintonizar o rádio do carro, com os dedos trêmulos. Para seu azar, a estação que entrou no ar executava exatamente a *Cavalgada das Valquírias*. Era um incentivo para eu prosseguir em ritmo de *blitzkrieg*:

— Você já está com esse cara há três anos e nada de receber alta — bombardeei. — Que diabo! Você não é tão neurótica assim! Terapias tão prolongadas estão sendo questionadas... Principalmente, quando não há grandes problemas a serem tratados...

— Como é que você sabe? Qual a sua qualificação para dizer isso? — ela me interrompeu, com desprezo. — Que eu saiba, você não é formado nem em psicologia, nem em psicanálise... Para falar a verdade, não tenho certeza nem de que você seja diplomado em jornalismo...

— Mas eu também te entendo, te conheço a fundo, vou fundo dentro de você! — disse e deixei a frase pairar no ar alguns instantes, antes de arrematar: — E sem cobrar nem um tostão...

Tinha certeza de que, com isso, ia atingir o alvo, mas o tiro saiu pela culatra. A resposta de Lucila foi precedida de um chute no freio:

— Desce, Moreira! Cai fora! — ordenou, aos berros. — Por hoje, chega!

Caí fora, sim! Bati a porta do carro, puto da vida. Agradeci a carona para lugar nenhum e comecei a me afastar pelo corredor da Nove de Julho, com o passo apertado. Lucila sumiu, cantando pneu para ter a última palavra. Protegi-me da chuva no abrigo de um ponto de ônibus, escutando o tempo todo um eco corrosivo:

"Meu analista me entende, me conhece a fundo, vai fundo dentro de mim..."

Só vinte minutos depois um táxi me resgatou da tormenta. Cheguei em casa às 11h30, encharcado. Nem acendi a luz para não perturbar a escuridão do meu estado de espírito. Atravessei a sala às cegas, em ruínas. Por mais que eu estivesse acostumado às explosões vesuvianas de Lucila Napolitano, a noite tinha passado dos limites! Quis buscar uma garrafa na cozinha... Um ponto vermelho piscando na secretária eletrônica me deteve.

Vislumbrando uma centelha de esperança, tateei o aparelho com o indicador, à procura da tecla *play*. A máquina reproduziu a voz plácida de Lucila, manhosa, me chamando:

— Sou eu, Moreira... Cheguei em casa... São 11h15... Ah, por que você não deixa de bobagem e vem aqui agora?... Estou com saudades! Quero você! Vem, vai...

Em cerca de cinco minutos, eu ordenava animado ao motorista de um outro táxi:

— Toca para a Vila Olímpia!

Fui calorosamente recebido, como se a briga de pouco antes tivesse se transformado num evento pré-histórico, completamente perdido no tempo. A madrugada pedia conhaque e prometia. Lucila e eu nos amamos até a exaustão, na sala, na cozinha, no corredor e no quarto. Exauridos, quase de manhã, apagamos o abajur e o mundo.

VIII

A segunda conversa que tive com o Dr. Paul Mahda muito pouco acrescentou ao encontro anterior... No que tocava ao conteúdo do livro a ser escrito, saí do consultório tão confuso quanto da primeira vez. Não que o analista tenha deixado de falar sobre o que pretendia consignar em letras de imprensa... Não, muito pelo contrário: Paul Mahda falou e falou bastante, ao longo da nova entrevista. Só que não disse absolutamente nada!

Por uma hora e quarenta minutos, o homem apresentou — entusiasmado — uma enfiada de lugares-comuns, cuja fonte bibliográfica podia ser, no máximo, a mais medíocre das revistas femininas. De resto, só muito de vez em quando, chegou a emitir opiniões aparentemente próprias, mas seria querer demais que elas tivessem o menor fundamento... Nada levava a crer que os tais tópicos fulcrais sobre a interface entre o masculino e o feminino ultrapassassem os tradicionais pilares do patriarcado, cujo restabelecimento Paul Mahda considerava imprescindível para a saúde mental do universo.

— Doa a quem doer — pontificava —, esta é a grande verdade por trás da minha filosofia: a supremacia psicobiológica do macho da espécie. Aliás, este é o título que escolhi para o livro: *A supremacia psicobiológica — um guia para a paz na guerra dos sexos...* Que tal?

— Brilhante! — aplaudi, com falso entusiasmo.

No entanto, o analista estava longe de se considerar um conservador e procurava ressaltar o caráter revolucionário de suas opiniões, já que a palavra revolução se tornou hoje um inquestionável índice de qualidade. Apelando à libertinagem e aos ataques ao catolicismo, decretou:

— Essa coisa de fidelidade sexual foi inventada pela Igreja, nos tempos de Júlio César! O que move o mundo é o desejo sexual, que só tem a ver com química, só isso. O homem foi feito para distribuir seus genes pela terra e a mulher foi feita para acolhê-los. Não lhe parece evidente?

Era melhor não contrariá-lo, isso, sim, me parecia evidente. Enfim, se consegui distinguir algo que mais remotamente merecesse o nome de ideia em meio à algaravia do analista, tratava-se quando muito de noções que transitavam entre a generalidade e a mais completa evidência, pagando generoso pedágio à redundância:

— Muitas vezes, um relacionamento pode ser o modo que alguém encontrou para obter afeto, ternura, carinho e amor... — explicou, por exemplo, com o dedo erguido quase a se enfiar no nariz do busto de Freud, na estante atrás dele. — Entre homens e mulheres, os relacionamentos amorosos espontâneos só nascem para pessoas que estabelecem laços afetivos por vontade própria...

Em vez de interromper, optei por deixá-lo prosseguir, para ver o que traria o desenvolvimento do tema, mas nenhuma opinião vinha ligar-se às que lhe sucediam: eram cartas avulsas de um baralho incompleto, amontoando-se ao acaso, sem formar qualquer jogada. Pior: quando suas frases pareciam evoluir para uma conclusão, ele logo se encarregava de mudar o caminho, abrindo parêntesis inúteis que jamais se fechavam...

— A igualdade dos direitos sociais do homem e da mulher não anula absolutamente a diferença fisiológica entre os sexos — afirmou, categórico, falando para o gravador como se pronunciasse um veredito. — Mas o fato é que existe dificuldade para controlar as emoções, o que leva à necessidade de administrar os sentimentos desordenados que se manifestam no amante...

Depois disso, considerei que pedidos de esclarecimentos não iriam surtir nenhum resultado... Um desânimo implacável me abateu por completo. A cosmovisão de Paul Mahda padecia de uns vinte graus de miopia, e tentar encontrar coerência nela seria incorrer num paradoxo tremendo. Mas isso era só o começo...

Entre várias digressões, não poucas vezes o terapeuta suspendeu seu caótico arrazoado, para manifestar idiossincrasias gramaticais das mais despropositadas. Para cúmulo do meu desespero, levantou várias questões sobre o uso de vírgulas, da crase ou do gerúndio, como se tratasse de aspectos essenciais ao conjunto do texto. Por exemplo, num certo momento — deixando no meio uma sentença que prometia levar em algum sentido — ele me perguntou, com um preciosismo vocabular totalmente descabido:

— Podemos usar a palavra "instigante" aqui neste trecho?

— Podemos... — concordei, para agradá-lo, já que, naquele trecho esdrúxulo, qualquer palavra era cabível...

— Ótimo! — o Dr. Mahda exultou, satisfeito. — Eu acho essa palavra tão... instigante!

Então, depois de um pigarro, tomou um gole de água e continuou a falar, muito excitado, mas sem voltar ao ponto onde se havia interrompido. Pensando bem, para quê? Como seu pensamento girasse em círculos, o zero e o 360º podiam estar em qualquer lugar e todos os caminhos fatalmente conduziam a um interminável retorno. Assim, somente o giro dos ponteiros do relógio — indicando que uma consulta devia começar em breve — o levou a pôr um ponto final em nossa sessão.

Paul Mahda arrematou, à guisa de epílogo:

— Homens e mulheres são seres complementares, mas há muitos encaixes difíceis e complicados.

Olhei para ele, aparvalhado, e desliguei o gravador. O analista pôs o braço em meu ombro, perguntando:

— Aí você não tem material para dois ou três capítulos?

Era impossível fazer qualquer previsão. Para desconversar, perguntei pelo nosso próximo encontro.

— Veja com a dona Magnólia — respondeu, indicando a saída.

Marquei a próxima entrevista para o início da semana seguinte. A velha secretária, sempre azeda, chegou a comentar que não sabia como o doutor conseguia encontrar tanto tempo para isso. Aparentemente, era incapaz de compreender o meu papel ali, talvez devido à carinhosa antipatia que me dedicava. Saí do consultório aflito, atordoado, sem saber ao certo como me livrar da sinuca em que minha profissão me lançara...

Deixei as pernas me levarem para onde bem entendessem. Queria andar um pouco, sem destino... Precisava movimentar o corpo, transpirar, respirar fundo... Caminhei a esmo. Divaguei aleatoriamente pelas ruas e alamedas do Pacaembu, dobrando esquinas desnecessárias e fazendo voltas à toa. Na verdade, caminhar me parecia a única forma de não cair em desespero.

A tarde me encontrou ao lado do muro do cemitério do Araçá, caminhando na direção da Paulista. Fui à Livraria Cultura, do Conjunto Nacional, bisbilhotar os livros de autoajuda. Quem sabe me dessem alguma luz, alguma ideia que servisse de ponto de partida. Procurei em vão. Nenhuma linha que me ajudasse. Nada! Recorri a outras seções, onde biólogos falavam de metafísica, linguistas analisavam a conjuntura política e comunistas exaltavam a democracia. Milhões de páginas destinadas a alimentar uma caricatura de conhecimento, além das traças. Voltei à avenida e acendi um cigarro, que devorei em poucas tragadas.

Minha missão não era simples nem pequena. Como compor um todo íntegro com tantas partes desencontradas? Como encaixar as mil peças daquele infernal quebra-cabeça? De que modo transformar em páginas cristalinas a garatuja esdrúxula do terapeuta? Essas e outras questões atormentavam minha mente, ao longo de uma nova caminhada labiríntica, agora nas ruas de Cerqueira César. E eu estava longe de vislumbrar o fio de Ariadne, quando resolvi pôr fim ao passeio, tomar um táxi e voltar para o escritório.

IX

Desanimado, sentei à escrivaninha e passei a mão na garrafa de *scotch*. Só depois de duas doses e alguns cigarros seguidos, criei coragem de ligar o computador. Com o Word aberto em uma inexpugnável página em branco, coloquei meu gravador sobre a mesa, enfiei os fones nos ouvidos e apertei a tecla *play*. A voz do analista desfiou sua ladainha uma, duas, três vezes, até que eu me atrevesse a dedilhar letras de fôrma. Resolvi apelar para uma frase clássica: "A leitura deste livro vai mudar sua vida."

Depois passei a alinhavar as sentenças com conectivos elegantes, como "entretanto", "por conseguinte", "desde que", "posto que" e "visto como", de modo a compensar — com um encadeamento sólido — o vazio geral de seu conteúdo. Assim — com longas orações, estrategicamente intercaladas, entre um punhado de vírgulas e travessões —, obtive meia dúzia de parágrafos sonoros e grandiloquentes, embora sem nenhum sentido.

A sinuosidade da sintaxe criava a nítida ilusão de existir em tudo aquilo algum significado, de esquiva penetração, para levar o leitor a imaginar-se um iniciado na alquimia psicológica do Dr. Paul Mahda. Por isso, ampliei o mais que pude o labirinto retórico, recorrendo a períodos compostos por imensas subordinações, de modo a sofisticar a mistificação ao máximo.

Naturalmente, não me esqueci das exigências de Zé Augusto. Nem das do mercado. Entre esses períodos quilométricos, salpiquei frases curtas e pungentes, de caráter abertamente cômico. Por meio do riso fácil, é possível conquistar cumplicidade e simpatia do leitor, induzindo-o a crer que — se conseguiu captar uma piada — há de compreender também o contexto em que ela está inserida e, por extensão, o livro inteiro.

Redigidas meia dúzia de páginas, minha imaginação se soltou e começou a inventar supostos casos clínicos... Nada como recorrer à ficção para dar verossimilhança a um texto que nada deve ter de fictício! Inventei um casal de personagens com que os leitores de ambos os sexos pudessem se identificar sem grande dificuldade... Roberto, 32 anos, advogado, estava sozinho havia seis meses. Conheceu Ana Flávia, 28, administradora de empresas, que acabara um namoro traumático dois dias antes. Encontraram-se pela primeira vez na festa de formatura de um primo de Roberto, um baile de gala no Buffet Imperial. Sorriram socialmente um para o outro, dançaram, beberam juntos uma taça de Veuve Clicquot...

No fundo, não há segredo. Basta enlaçar o leitor e seguir adiante. Consumada a sedução, celebra-se entre ele e o narrador um contrato tácito, que facilita conduzi-lo para onde bem se entender. Confiante e solidário, ele já não se dá conta da ambiguidade dos parágrafos que percorre, nem das armadilhas que se escondem a cada linha... Aceita como verdade as artimanhas do argumento, por mais extravagantes que sejam! Aliás, quanto mais espalhafatosas e improváveis forem as peripécias, tanto mais o leitor se envolve e fica emocionado...

No início da noite, cheguei ao fim do primeiro capítulo. Salvei o material. Dei-lhe o título de "Velhos relacionamentos, novas identidades". Pareceu-me sugestivo, e sempre contava com o impacto de uma antítese. Acendi um cigarro e suspirei aliviado, brindando a mim mesmo. Em seguida, teclei o número da Editora Pavão, para dar as boas novas a Zé Augusto:

— Vinte e três laudas estão prontas, chefia — anunciei, empolgado, ao ser atendido. — Juro que não acreditava conseguir isso, quando comecei o trabalho hoje à tarde...

— Perfeito! — aplaudiu o editor do outro lado. — Vê se cumpre o prazo direitinho, que eu já tenho outro serviço para você. A ex-amante de um senador quer contar o seu romance com o cara. Garante que ele, além de corrupto, também usa uma avantajada prótese peniana, que serve para abrir muitas portas em Brasília... Fala a verdade: não é do peru?

— É do caralho! — concordei. — Mas agora nem dá para pensar numa coisas dessas.

As entrevistas com o Dr. Paul Mahda — ao ritmo de duas por semana — tornaram-se minha rotina ao longo dos três meses seguintes. Na verdade, não posso afirmar que tenham contribuído para o progresso do trabalho... Em todas elas, o analista apenas repetiu o que dissera no primeiro encontro. Se acrescentava alguma coisa nova, não se tratava já de algo significativo... Eu só não me animava a reclamar porque nem precisava mais dos seus depoimentos.

Na anatomia da composição, predominavam meus casos clínicos. A salada teórica do autor servia agora como simples elemento de ligação entre os relatos, para ninguém questionar o nome de Paul Mahda estampado como um logotipo no alto da capa. Quando os primeiros capítulos ficaram prontos, enviei-os ao analista, por *e-mail*. O autor fazia questão de conferir meu trabalho, antes de aprová-lo. Confesso que era humilhante submeter-me à sua aprovação, por mais que eu tentasse encarar a situação por um ângulo pragmático. Principalmente quando ele determinava alterar algum trecho, sem nenhum motivo, por puro capricho, em geral tornando todo um parágrafo — quando não o subtítulo — incompreensível.

Felizmente, não foram muitas as alterações que ele pediu, depois da leitura. O analista aprovou o conjunto do trabalho, dizendo estar muito satisfeito com o que chamou de meu estilo direto. Acredito ter sido essa satisfação que o induziu a perder o trato patronal com que me distinguiu em nossos primeiros contatos. Aos poucos, passou a me tratar de igual para igual e não demorou a me chamar de amigo.

Então, as entrevistas perderam de vez o suposto caráter teorético, enveredando para um campo biográfico, que dava conta do dia a dia do analista, de seus planos de amealhar uma fortuna combinando a venda do livro com uma programação de palestras para executivos, do seu sonho de fazer uma viagem às Seychelles... Fracassado na vida afetiva, devido ao machismo recalcitrante, Paul Mahda era um homem muito só, que não podia deixar de se aproveitar da intimidade criada por nosso trabalho. Passou a fazer confissões e me abriu o peito. Virei seu confidente, para não dizer analista.

Só me assustei quando o tema das revelações assumiu uma natureza explicitamente sexual, agora que ele já nem se preocupava em tratar dos assuntos do seu livro. Paul Mahda era um daqueles homens cujo prazer não se esgota no momento da cópula, mas se estende mais além, quando pode relatá-la a um amigo. Na muito provável hipótese de estes lhe faltarem, não havia por que eu não me prestar bem para o cargo...

A princípio, acompanhei algumas histórias com interesse e até certa cumplicidade: no fundo, nós, homens, somos todos uns canalhas. Contudo, depois de ouvir os detalhes de cinco aventuras — com uma colega, a gerente de um banco e uma garçonete (que protagonizou três casos) —, passei a considerar o Dr. Paul Mahda um caso típico de exibicionismo narcísico, no qual nenhum analista poderia dar jeito.

A linguagem de Paul Mahda, aos poucos, também se desreprimiu: deixou o divã da terapia para descer ao balcão dos botequins. Tornei-me um parceiro de copo, a quem o analista não se vexava de revelar que não perdoava nem mesmo as próprias pacientes. Teve o desplante de afirmar que traçou muitas delas por motivos propedêuticos! O analista não se contentava em ser um teórico da supremacia masculina. Estava decidido a comprová-la empiricamente.

Certa vez, voltando a bancar o professor, meteu-se a proferir conclusões que uniam o preconceito e a generalidade à mais descarada baixaria:

— Muita neurose feminina vem do simples fato de a paciente ser mal comida, sabia? E qual é o único remédio para isso? É vara! Não tenha dúvida nenhuma! É vara! Não adianta mais nada!

Deixando meu perplexo silêncio pender entre nós por alguns instantes, o homem arrematou:

— Não se engane! Uma mulher é regulada por dois metais: o ouro e o ferro!

Ao longo da epopeia lúbrica do analista, acabei reencontrando a figura de Eunice Aragão... Da loira Eunice, que irrompeu como um furacão no consultório, da primeira vez em que lá estive. Paul Mahda a conhecera, juntamente com seu marido, o economista Washington de Arruda Aragão, ao fazer uma palestra sobre terapia de casais na sede da Associação Paulista de Polo Equestre.

Os dois o convidaram para jantar naquela mesma noite e, três dias depois, tornaram-se seus pacientes. O casamento não andava nada bem. Por insistência de uma amiga, resolveram marcar uma sessão com ele, tendo em vista, talvez, um aconselhamento.

Já na primeira consulta, a tentação do amor extraconjugal abocanhou Eunice. Paul Mahda persuadiu seu marido de que o trabalho de casal não bastava. A esposa precisaria também de sessões individuais, se queriam atingir resultados mais efetivos. O outro concordou prontamente. Uma vez criada a oportunidade para encontrá-la a sós, duas vezes por semana, o romance se consumou em ritmo prestíssimo.

Mas nem o esplendor maduro do corpo de Eunice, nem a chama azul de seu olhar reluzente tornaram menos ligeiro o interesse que o terapeuta sentiu por ela. Em menos de dois meses, o analista avistou um novo objeto de desejo... Foi justamente ao que se deveu o escândalo que presenciei, ao sucessivo envolvimento de Paul Mahda com uma sobrinha de Eunice, 15 anos mais jovem que a tia...

— A Nice é muito gostosa — comentou o analista, com pretensa *expertise*. — Mas eu não deixava de papar aquela sobrinha dela por nada neste mundo! A sobrinha é igual à tia, só que 15 anos mais nova...

Talvez o fato de eu ter conhecido a personagem a quem ele se referia e o modo pelo qual dela tratava despertaram minha definitiva aversão ao terapeuta, a suas ideias e ao seu amoral modo de vida... Nós, homens, somos todos uns canalhas? Sim, mas há diferença de grau... Naquele momento, porém, eu nem podia imaginar quanto era imenso o intervalo entre o menor e o maior deles. Nem que Paul Mahda ia alcançar o topo da escala.

X

Agendei a última entrevista com Paul Mahda para uma segunda-feira, ao fim da tarde. Terminava o mês de novembro, marcado por um calor infernal, que nem as pancadas repentinas refrescavam. Cheguei na hora combinada, enquanto o céu desabava ao furor de outro dilúvio. Ao reconhecer minha voz no interfone, dona Magnólia deu sequência à operação tartaruga que tinha deflagrado contra mim, sem o menor motivo. Fez questão de se atrapalhar com os botões do porteiro eletrônico, deixando-me servir de pasto à tempestade. Afinal, ao me ver encharcado na recepção, encarou como um ultraje pessoal a água que escorria da minha gabardine, formando uma poça ao redor dos meus sapatos.

A secretária apontou o lavabo, advertindo:

— Rápido! Não me vá molhar o carpete, que pode manchar... Não está vendo?!

— O.K. — obedeci, contrariado, para evitar danos à decoração do consultório.

Voltei do banheiro e ela informou, contrafeita, arrancando-me das mãos a capa encharcada:

— O doutor já mandou você subir.

Empinei o nariz e dei-lhe as costas. No gabinete, Paul Mahda me aguardava, com o corpo esticado na poltrona. Sobre a escrivaninha, jazia uma pilha de páginas recém-impressas. Sem se importar com o fato de outras mãos a terem redigido, o autor as acariciava com o prazer do artista que concluiu uma obra-prima. Mas levantou-se ao me ver, com uma reverência amigável:

— Ficou ótimo, Moreira, excelente! — declarou, eufórico.
— Tem certeza de que ainda precisamos de mais um capítulo? Eu, por mim, acho que o livro podia acabar aí onde está... Não é preciso dizer mais nada.

Levando em conta o despropósito da obra toda, não vi motivo para discordar. Mas eu ainda precisava de cerca de dez páginas para chegar ao contratado com Pavão Lobo. Portanto, argumentei:

— Talvez, Paul, mas você não pode simplesmente abandonar o leitor sem dizer até logo. Que tal um resumo de tudo o que propôs ao longo do texto? Um capítulo final com as ideias principais enunciadas sinteticamente, em frases curtas, como provérbios... Você vai se despedir ofertando sua profunda sabedoria através de máximas! Entende?

— Claro! Claro! — Paul Mahda aprovou o palpite, mas passou a devanear com outras questões: — Agora, precisamos pensar numa capa bem caprichada... Coisa chique, mas com grande apelo comercial! Uma imagem que tenha a mesma força das minhas ideias. Não acha? Quero meu nome e o título em letras douradas... "*A supremacia psicobiológica — um guia para a paz na guerra dos sexos*, Dr. Paul Mahda, PhD."

Claro, refleti, completando essas palavras com uma imagem: a barguilha aberta de uma calça, da qual sai um braço em riste, brandindo o punho fechado. Mas expliquei que a produção gráfica não era propriamente o meu departamento. Essa era uma questão a ser tratada com Pavão Lobo. O terapeuta concordou, colocou a cópia do texto numa gaveta e informou, com um jeito camarada:

— Mas eu não quero mais falar do livro, não, Moreira. Faça como achar melhor. Confio em você. Em matéria de texto, você é um gênio. É o Sidney Sheldon da literatura brasileira!

A comparação me atingiu como um direto no fígado, mas preferi relevar, equacionando a intenção elogiosa à mediocridade do gosto de Paul Mahda. O analista desviou minha atenção para outro ponto, muito mais interessante, apontando com a cabeça a estante atrás dele. Ali, como eu já tinha reparado, o longo pescoço de uma garrafa de Don Pérignon emergia de um belo balde de prata, a alguns centímetros do nariz do Sigmund Freud de bronze.

— Quero tomar uma taça de champanhe com você! — explicou o analista. — Temos motivos para comemorar, não acha?

— Claro que temos! Claro! — concordei, aceitando uma taça e passando a sonhar com a outra metade dos 16 mil reais.

Paul Mahda ergueu o copo e perguntou:

— Não quer fazer um *toast*?

— Ao livro! — brindei, sem mencionar títulos.

Esvaziamos as taças e ele serviu uma segunda rodada. Explicou que havia para ele outro motivo de comemoração. Queria erguer mais um brinde, portanto. Sempre festejava quando dava "alta" a uma amante... Dali a pouco, iria encerrar um caso inesquecível:

— Minha última trepada com um dos mais belos espécimes femininos que já passaram pelo meu divã — confidenciou. — Não sei se já falei dela... Lembra de uma paciente que eu ando papando há uns três meses? Uma morena que eu demorei para conquistar. Foi o maior fenômeno de resistência que este Don Juan já enfrentou em sua longa carreira... Lembra dela?

Lembrar... Como? Que jeito?! Além de loiras, ruivas, negras e orientais, Paul Mahda me havia falado de diversas morenas e mulatas ao longo daquela temporada! Mas nunca citava o nome de nenhuma delas. Referia-se a todas genericamente, individualizando-as somente a partir de alguns traços físicos que permitissem distinguir umas das outras. De mais a mais, confesso que nem sempre fiquei atento às suas aventuras eróticas. Que interesse efetivo eu podia ter nisso? Aliás, se aquilo se tornasse motivo de interesse, só me restaria procurar o divã de um analista...

Enfim, para não ser indelicado, fingi que procurava a tal morena na memória, perguntando, depois de alguns instantes:

— Aquela de cabelo comprido?

— Isso! Isso mesmo! Cabelo comprido e preto, bem preto! — Paul Mahda concordou, entusiasmado. — Uma morena gostosa que sofre de um transtorno bipolar. Que mulher! Que fêmea! Que fera! Que máquina! Meu chapa, é de fazer defunto levantar!

Por sorte, ele mesmo houve por bem conter os ímpetos libidinosos. Ficou mudo por uns instantes, e acrescentou, a seguir, de modo mais comedido:

— Bom, mas é hoje e só. Depois, ela é passado. Saúde! — falou, levantando a taça.

— Saúde! — bati a borda do meu copo na do dele.

— O tempo dessa morena se acabou... — disse Paul Mahda para si mesmo, levando a taça aos lábios.

Não me atrevi a perguntar por quê. Achei melhor mudar de assunto, para escapar à sua incontrolável perversão verborrágica. Interrompi-o de chofre, com um estalo dos dedos. Fingi que me lembrava de algo importante. Tirei uma caneta do bolso da camisa. Escrevi dois nomes no risque e rabisque da escrivaninha do analista.

O terapeuta os leu, sem compreender o que significavam, e me lançou um olhar de interrogação.

— Eis aí os nomes de dois grandes capistas! — expliquei, bicando o Don Pérignon mais uma vez. — Os dois fazem *freelances* para a Editora Pavão. Se eu fosse você, pedia ao Zé Augusto que contratasse um deles para fazer a capa... Aí você vai ter um trabalho de impacto! Uma capa chamativa, daquelas que as livrarias põem aos montes nas vitrines!

O analista aprovou também esse palpite. Aproveitou para me perguntar quanto tempo um livro demora para ficar pronto. Expliquei que os textos passam por várias etapas, antes de se transformarem em volumes impressos: a preparação de originais, a diagramação, a revisão de provas. Só depois começa a parte industrial do processo. Uma vez na gráfica — para a impressão, a encadernação e o acabamento —, o tempo médio pode variar entre quinze e vinte dias.

Então, Paul Mahda passou a calcular seus lucros com a obra. Fez hipóteses com 200, 300 mil exemplares vendidos, antevendo como gastar esse dinheiro. Deixei-o sonhar, sem fazer ressalvas. No entanto, para mim, se o livro vendesse 2 mil exemplares, Pavão Lobo já ia estourar o seu champanhe, como nós estávamos fazendo. Trezentas mil cópias, no mercado editorial brasileiro, é uma façanha que não está ao alcance de qualquer farsante.

O interfone nos interrompeu, quando eu me servia de outra taça. Paul Mahda atendeu e seus olhos cintilaram.

— Peça para aguardar um pouquinho e mande-a subir daqui a cinco minutos, dona Magnólia... — disse, excitado, e se voltou para mim, piscando o olho. — Deixa eu despachar o Moreira...

— Está me mandando embora? — perguntei, fingindo sentir uma desfeita.

— Sinto muito, Moreira! Ela chegou.

— Mas nós ainda nem secamos essa garrafa... — barganhei, apesar de levantar da poltrona.

— Fora! — disse, em meio a uma risada, e levantou, ajeitando a gravata. — Está na hora dos últimos retoques... Tem de ser inesquecível essa última trepada! A primeira vez foi aqui mesmo, nesse tapete persa que você está pisando...

Dei um passo para trás, instintivamente, mas o analista nem percebeu e continuou:

— Dessa vez, vai ser na suíte ao lado, onde há música de fundo, caviar, Don Pérignon e uma cama bonita e confortável... O que me diz?

— *Bon appétit* — o que mais eu podia dizer? Apertei sua a mão e bati em retirada.

Naquele momento, admito, meus sentimentos por Paul Mahda haviam sido milagrosamente transformados graças ao champanhe. Ao descer as escadas, eu tinha relevado sua amoralidade e charlatanice, chegando a reconhecer que — embora farsante — nem por isso deixava de ser um tipo dos mais divertidos. De resto, no fundo no fundo, quem é que não é um pouquinho pilantra?

Entretanto, ao chegar ao térreo, o meu sentimentalismo se dissipou abruptamente, devido à imagem que capturei num relance, com o canto do olho, pela porta da sala de espera, quando eu caminhava para a mesa da recepcionista. Sentada no sofá, com um estojinho na mão, retocando a maquiagem, vi a paciente que Paul Mahda aguardava com tanta ansiedade.

Caralho! Ou meus olhos me traíam ou se tratava de ninguém menos que... Lucila!!! Sim, só podia ser Lucila, quer dizer, era muito parecida com Lucila... Parecida demais, quase idêntica, quer dizer... Mas seria Lucila? A minha Lucila? A Lucila que eu amava? Nunca! Jamais! Não era possível!

Desatinado, dei meia-volta e retrocedi, decidido a espiar a mulher da sala de espera. Porém, nesse momento, dona Magnólia materializou-se à minha frente e se interpôs em meu caminho, exibindo minha gabardine, que já estava seca. Abriu-a para ajudar-me a vesti-la, o que, além de esconder a visão da sala, me fez girar instintivamente o corpo, aceitando a gentileza. Em seguida, recuperando algum entendimento, procurei me voltar novamente para a sala de espera, mas a velhota não permitiu, puxando-me pelo braço para a saída.

— É melhor você se apressar — ela disse com inesperada cortesia. — Vem mais chuva por aí daqui a pouquinho.

Deixei-me levar, mas virei o pescoço o mais que pude. A capa de uma revista, enorme, encobria agora o rosto que eu precisava enxergar desesperadamente. Quando dei por mim, dona Magnólia tinha conseguido me colocar do lado de fora do casarão de Paul Mahda, batendo a porta atrás de mim. Caminhei pelo jardim com a nítida impressão de me movimentar em câmera lenta, até chegar ao portão automático, em que me segurei paralisado pela dúvida.

Era ou não Lucila, a minha Lucila, a Lucila que eu amava, que eu tinha acabado de ver, de relance, na sala de espera do consultório? Era ela, afinal, a morena extraordinária a quem

Paul Mahda pretendia oferecer uma última sessão da sacanagem mais devassa, antes de despachá-la para a lata do lixo? Era Lucila que o filho da puta traçava havia três meses, sem ao menos pressentir que me traía? Pior: era Paul Mahda, então, o tal do analista que minha namorada dizia ir bem fundo dentro dela?

Sem saber ao certo aonde ir ou que fazer, deixei para trás a casa do terapeuta, mergulhada em sua maligna atmosfera... Errei, atordoado, pelas sinuosas ruas do Pacaembu até atingir a avenida que dá nome ao bairro. A tempestade se consumira: desapareceu repentinamente, como tinha se formado. Quanto a mim, a essa altura, já havia determinado o itinerário do meu martírio: queria descer ao Inferno e segui na direção dos Campos Elísios... Eu não tinha mais dúvidas. Chegara, sei lá como, a um grau absoluto de certeza.

Como eu podia me enganar em relação a Lucila? Seria como não reconhecer a mim mesmo, caso me olhasse de soslaio num espelho. Era ela, sem dúvida, quem mais? Lucila, a minha Lucila... Todas as peças se encaixavam para formar esse tenebroso quebra-cabeça. De que modo negar uma coisa assim tão evidente? Não! Agora, só me restava caminhar nas alamedas imundas do velho bairro onde jazem as ruínas da aristocracia cafeeira... Ver seus palacetes à francesa transformados em sórdidos cortiços. Inalar os vapores mefíticos da mais devastadora miséria, num ritual macabro que me envenenasse definitivamente o sangue. Queria estar com bêbados, viciados e vadios, na companhia de rufiões e prostitutas... Era entre eles que havia de encontrar os rastros de Satã, para suplicar que iluminasse o meu caminho...

Sim! Eu precisava reunir forças, adquirir uma capacidade demoníaca... Eu até admitia ser traído por Lucila, mas jamais com alguém como o Dr. Paul Mahda, charlatão, cafajeste, canalha... Muito mais que isso, um verdadeiro criminoso. Pois então não é um crime — e dos mais pérfidos — aproveitar o conhecimento científico e a ascendência sobre a psique alheia com finalidades, por assim dizer, impublicáveis?

Paul Mahda não merecia mais do que estar atrás das grades, mas eu não podia acreditar que isso viesse a ocorrer a alguém que podia contar com um triângulo mágico, formado por fama, dinheiro e corporativismo. Era um daqueles casos em que a justiça só poderia ser feita por mãos próprias... as minhas. Era essa minha única vontade.

Por outro lado, eu seria capaz de matar, de assassinar, de cometer um homicídio?... E qual a melhor maneira de cometê-lo, sem ter de prestar contas à Justiça, contra a qual gente como eu não dispõe de nenhuma proteção? O álcool talvez me ajudasse a resolver essas charadas. Naturalmente, eu não podia dispensar outros tragos naquele momento. Sentei no balcão do primeiro botequim que me apareceu à frente, numa esquina da alameda Glete, ao lado de um travesti e de um perneta. Na falta de coisa melhor, pedi uma dose de 51 e comecei a encher a cara.

XI

Acordei no tapete do escritório, contra o qual me esmagava uma ressaca devastadora. Tinha a cara metida numa almofada — que devo ter arrancado do assento da poltrona — e custei a entender que estava acordando... A claridade me cegava. Minha cabeça explodia... Só levantei por causa do susto que o relógio me deu, ao informar a hora certa: eram duas da tarde — e já estávamos na sexta-feira!

Sexta-feira! Eu começara a beber na madrugada da terça. A náusea, portanto, era proporcional a tamanha embriaguez. Desnorteado, eu não conseguia lembrar como afundara nesse dilúvio etílico. Para falar a verdade, lembranças não eram o meu forte naquele momento. Se não deletara minhas memórias dos últimos três dias, o álcool ao menos as tinha enfiado em algum lugar inacessível do meu cérebro.

Entretanto, sem que eu a tivesse procurado, uma cena anterior à bebedeira conseguiu ultrapassar esse vazio sideral e emergir, nítida e horrorosa, em minha mente... Lucila, a minha Lucila, na sala de espera de Paul Mahda, retocando a maquiagem. De repente, tudo passou a fazer sentido... Acrescentei uma bola vermelha ao nariz da minha autoimagem. E enxerguei o avesso de Lucila, que o amor ou a imbecilidade até então me escondera...

Apunhalado por uma ácida decepção, corri para o banheiro e debrucei na privada. Vomitei as tripas. Recuperando o fôlego, enfiei a cabeça debaixo da torneira da pia e deixei a água encharcar meus cabelos. Aos poucos, muito aos poucos, consegui me refazer, ou quase isso, à medida que lavava o rosto e escovava os dentes.

A seguir, fui procurar o jornal do dia, que já devia estar na porta do escritório. Olhar as manchetes me pareceu uma forma de me reinserir no tempo cronológico, libertando-me da falsa eternidade a que a angústia me acorrentava. Desdobrei o primeiro caderno, sentei numa poltrona e passei os olhos num título abaixo do cabeçalho: "Fantasmas assolam o orçamento da União"... Definitivamente, o Brasil é um país mal-assombrado, pensei, certo de recuperar o senso de realidade. Porém, ao passar para a dobra inferior da página, deparei com uma linha que me atingiu com o impacto de um tiro:

Analista das estrelas assassinado na Barra Funda

Sob a linha em negrito, numa foto de arquivo, Paul Mahda sorria, entre duas coadjuvantes da novela das oito. Nem li a chamada de capa. Fui direto à página onde se reportava o crime:

O psicanalista Paul Mahda, 45, foi encontrado morto em seu carro, um Honda Civic dourado, às 5h45 de ontem na rua Capistrano de Abreu, na Barra Funda, zona Oeste de São Paulo. O corpo foi descoberto pelos garis que realizavam a coleta do lixo. Um deles, Rutênio dos Santos, 27, estranhou "o vidro estilhaçado daquele carrão", aproximando-se da janela do motorista para ver o que se passava.

Segundo a colega que o acompanhava, Mariluce Souza, 23, "o vidro tinha um buraco de bala na parte de cima, onde havia uma mancha de sangue, e dava para ver a cabeça do defunto". Pelo celular, a gari entrou em contato com a Polícia Militar, relatando o ocorrido. Os dois permaneceram no local até a chegada de uma viatura, às 8h20.

Paul Mahda, membro da Associação Jacques Lacan do Estado de São Paulo, era psiquiatra e psicanalista. Obteve notoriedade devido a uma clientela formada por políticos, artistas e empresários, tornando-se referência constante dos meios de comunicação no último semestre. De acordo com um colega que preferiu não se identificar, "Paul Mahda era um nome respeitado da comunidade científica e psicoterapêutica brasileira".

Segundo apurou a reportagem deste jornal, no Departamento de Homicídios, acredita-se em sequestro relâmpago, seguido de morte.

Não consegui prosseguir a leitura. No rastro da notícia do crime, estranhas emoções se apossaram de mim, subtraindo o significado das palavras. Primeiro, a surpresa era tanta, que eu ainda me recusava a crer no ocorrido. Depois, a aflição veio me convencer de que não podia haver engano. Era Paul Mahda, sim, ele mesmo. Aceitei a verdade, sem nenhuma tristeza. Ao contrário, experimentei o risonho prazer de quem acaba de obter sua vingança. Logo me arrependi desse sentimento tão mesquinho. Como é que eu podia pensar uma coisa dessas? Principalmente considerando o quadro macabro da segurança na cidade! Qualquer paulistano se arrisca a ser a próxima vítima!... A cruzar uma esquina e se colocar na linha de tiro... Concluí que, apesar de tudo, a morte do terapeuta não me podia ser grata.

O telefone tocou. Era Zé Augusto, que me disse, sem rodeios:

— Moreira! É claro que eu lamento o assassinato do nosso autor, mas não podemos perder essa oportunidade. Tenho de colocar o livro na praça até daqui a uns 15 dias. Não posso deixar a notícia esfriar se quiser vender mais de 100 mil exemplares!

— Você não pode estar falando sério... — reagi, mais uma vez cheio de engulhos.

— Claro que estou — garantiu o editor, com a má consciência tranquila. — Antes de mais nada, meu caro, eu sou um profissional! Meu compromisso é exclusivamente com os leitores!

Nem me animei a contestar.

— Quero mandar a gráfica soltar 10 mil exemplares na semana que vem — ele continuou, no mesmo ritmo. — Se você não acabar sua parte até amanhã, vou rodar assim mesmo. Anuncio como obra inacabada, sei lá!

— Vou acabar minha parte, sim — avisei, antes que ele resolvesse renegociar meu ordenado. — Pode contar com isso.

— Ótimo. E não se esqueça: quero assinar um prefácio que comece com uma frase do tipo "Em memória do maior especialista em sexualidade do Brasil contemporâneo". Alguma coisa assim...

— Pode deixar.

Mas o motivo preciso da ligação era saber o andamento do meu trabalho:

— A quantas anda o último capítulo? Você já acabou de escrevê-lo?

— Para ser sincero, ainda nem comecei...

— Pois comece o quanto antes! Acabe entre hoje e amanhã que eu coloco o volume em produção na segunda-feira e faço chegar às livrarias antes do fim do mês.

— Vou tentar, Zé Augusto — resmunguei, atordoado.

— Tentar o cacete! Você vai fazer. Depois nos falamos — despediu-se, abrupto. — Tenho muito trabalho pela frente. Preciso mandar uma coroa de flores para o velório, com uma faixa de último adeus e os logotipos da Pavão e da Lobo!

— Tá certo...

Meia hora depois desse singelo telefonema, eu continuava prostrado na poltrona, olhando para o nada, com o jornal em cima do peito. Gradativamente, a traição de Lucila voltava a me apunhalar o espírito, espicaçando meu ódio ao seu amante. Por causa de Paul Mahda, eu não hesitaria em me tornar um assassino... Matá-lo seria livrar o país de um perigoso farsante, de um gigolô da saúde mental, de um fabricante de psicopatas... Não me faltavam motivos humanitários para o crime.

No entanto, essa disposição homicida me despertou para um terrível pesadelo. Uma dúvida apavorante se jogou em minha cara. Afinal, o que eu tinha feito nesses últimos três dias?... Onde me encontrava no momento do crime?... Seria eu o assassino de Paul Mahda? Tentei em vão devassar as profundezas de minha amnésia alcoólica. Precisava ter certeza de que não, não tinha sido eu! Absolutamente! Matar alguém? Nem na mais caudalosa carraspana! Sou incapaz de fazer mal a uma mosca, como podia muito bem testemunhar a que me sobrevoava naquele exato instante.

Mas quem pode se fiar no testemunho de uma mosca? Mergulhado em recriminações, concluí que só o trabalho me impediria de um naufrágio. O esforço físico havia de ser um salva-vidas para o meu combalido metabolismo. Reuni minhas anotações e peguei o gravador com a fita da última entrevista do terapeuta. Liguei o computador. Iria escrever, imediatamente, o capítulo final. Queria deixar de ser o fantasma de Paul Mahda o mais rápido possível!

XII

Na página em branco, digitei *C-o-n-c-l-u-s-õ-e-s* — único título que minha escassa imaginação oferecia. Como era de se esperar, não encontrei — nem nas anotações, nem na fita cassete — qualquer declaração efetivamente conclusiva. Optei por fazer um longo resumo de toda a obra, repetindo pela milésima vez tudo o que já havíamos dito. Quando a noite caiu, eu completara a décima terceira lauda e dava o texto por encerrado.

Em seguida, para evitar que o silêncio atraísse novamente os fantasmas de Lucila e de Paul Mahda, conectei-me à internet e acessei o *site* da Rádio Eldorado. Queria ouvir um pouco de música, enquanto engolia vários litros de água. Pelos alto-falantes ao lado do vídeo, a banda dos corações solitários do Sergeant Pepper invadiu a sala. Após os Beatles, a voz de Caetano Veloso entoou *Força estranha*:

"Eu vi o menino correndo, eu vi o tempo..."

Exausto, escorreguei para uma soneca. Mesmo cochilando, não deixei de perceber minha presença na sala, que a proteção de tela do computador deixava azulada. O que me tirou desse transe hipnótico — num espasmo — foi o nome de Paul Mahda, mencionado pelo locutor da rádio, que, ao fim de uma sequência musical, informava:

— O assassinato do psiquiatra e psicanalista Paul Mahda, na madrugada de ontem, provocou grande alvoroço na Secretaria de Segurança Pública, no início da tarde de hoje, quando as atrizes Mara Estefania e Lavínia Teles — as gêmeas da novela *Jogo rápido* — foram pedir ao Secretário uma especial atenção ao andamento das investigações. As duas eram pacientes do Dr. Mahda na vida real. Mara Estefania falou à nossa reportagem...

Com a voz embargada, a atriz declarou:

— Estou chocada com o crime, estou chocada com essa violência toda que anda por aí! O Brasil parece terra de ninguém! Assim não dá! A gente não pode deixar tudo isso impune. A gente veio falar para o Secretário exatamente isso. A polícia tem que investigar, tem que ir atrás do verdadeiro culpado. Este criminoso acabou com a vida de um homem que era o responsável pelo bem-estar de muita gente legal! Ele precisa saber disso...

Seguiram-se um acorde musical e a hora certa. Considerei que o nome do verdadeiro culpado — em se tratando de sequestro relâmpago — só seria conhecido muito tempo depois, provavelmente confessado por ele mesmo, preso casualmente, devido a qualquer outro delito. A emissora voltou ao caso, reprisando uma entrevista feita com o delegado encarregado das investigações, o delegado Edgar Lopes Cliff, aquele tira esquisito que eu conhecera pela TV, no dia do meu primeiro encontro com Paul Mahda.

O locutor apresentou o policial aos ouvintes, resumindo seu currículo. Depois, passou a palavra ao repórter, que começou num tom descontraído:

— Boa tarde, delegado. O senhor tem solucionado casos difíceis, alguns até misteriosos, e, em geral, em prazos bastante curtos. Aliás, o senhor é chamado de Sherlock pelos seus colegas da Homicídios. Como é que o senhor consegue resolver crimes assim? O que é que faz um grande detetive?

Lopes Cliff declarou, limpando a garganta:

— Tenho grande interesse por psicologia. Acho que, no momento do crime, o criminoso sofre de uma espécie de fraqueza da vontade, do raciocínio. Depois, esse estado é substituído por uma espécie de embriaguez, por uma grande infantilidade. Aliás, justamente na hora em que o sujeito mais precisa da razão e da prudência...

A declaração me deixou pasmo. Havia nela uma citação que não me passou despercebida. Lopes Cliff tinha acabado de parafrasear Dostoiévski, em *Crime e castigo*. Inteligente, esse delegado. Sabe como pode ser real a literatura de um bom ficcionista... O criminoso, fosse quem fosse, devia estar preparado para isso. Mas a entrevista continuou:

— O que exatamente o senhor quer dizer, delegado?

— É impossível esconder todos os vestígios de um crime — explicitou Lopes Cliff. — E, muitas vezes, os criminosos, inconscientemente, fazem até questão de deixá-los...

— Mas, doutor — o repórter interrompeu, para trazê-lo de volta à vaca fria. — Essa linha psicológica de investigação funciona em crimes como o senhor desvendou, que acontecem nas mansões da classe alta. Mas e num caso como esse do Dr. Mahda? Aqui se trata de um crime de rua, igual a centenas de outros na região metropolitana de São Paulo. Como é que o Sherlock opera num caso desses?

— Bom, para começar, não estamos falando de sequestro relâmpago ou assalto — garantiu o detetive. — Já ficou provado que o caso do Dr. Mahda não é de latrocínio. A vítima foi encontrada com uma corrente de ouro no pescoço, um Rolex no pulso e 300 reais na carteira, além dos cartões de débito e crédito. É evidente que quem o matou não queria dinheiro.

Mas o repórter insistiu:

— O ladrão não pode ter disparado involuntariamente, se assustado e resolvido fugir? Isso não acontece, quando o criminoso é novato?

— Não. Não foi isso, não — respondeu Lopes Cliff, convicto. — Há outros pontos em questão... Só me falta um laudo da perícia para provar que não foi latrocínio. Provar incontestavelmente. Mas é um detalhe que eu não quero tornar público, sem ter a confirmação pericial.

— O senhor não quer antecipar esse detalhe para nossos ouvintes? — o radialista perguntou, atrás do furo, enfatizando a última palavra para realçar sua condição de porta-voz da opinião pública.

O delegado desconversou:

— Eu gostaria de lembrar que, se alguém tiver alguma informação útil, pode denunciar por telefone, basta discar 147. A ligação é gratuita. Não precisa se identificar. Se alguém viu ou sabe de alguma coisa, é só ligar para a gente...

— Esse foi o delegado Edgar Lopes Cliff, encarregado das investigações do assassinato do psicanalista Paul Mahda — atalhou o locutor, apressado, diante da entrada no ar de um novo bloco de comerciais.

Me desconectei da *web*, do computador e também me desconectaria da vida, se houvesse meios de restabelecer a conexão depois, num momento mais ameno. Entrei em pânico. Agarrei o telefone na escrivaninha e disquei, instintivamente, o número de Lucila.

XIII

— É o Moreira — falei, com o coração aos trancos, ao escutar o alô de Lucila do outro lado da linha. — Eu precisava...
— O quê, Moreira?! — ela me interrompeu, num surto de raiva. — Depois de tudo que me falou na quinta à noite, você ainda tem coragem de me ligar?! Tanto desprezo, tanto ódio, tantas acusações mentirosas... E você ainda tem essa coragem?!
Mesmo tendo, antes de telefonar, considerado a provável hipótese de uma recepção hostil, eu sinceramente não estava preparado para enfrentá-la. Não com a terrível insegurança que me dominava naquele momento. O que tinha dito para Lucila na quinta-feira? O que havia feito nos outros dias? Tratava-se de perguntas que eu não podia responder, pois simplesmente não me lembrava.
O tempo passara, mas nem vestígio de alguma recordação que fizesse uma ponte com os últimos dias: 72 horas de vida soterradas não só pelo abuso alcoólico, mas também, muito provavelmente, pela terrível perspectiva da autoria de um crime. O que tinha dito para Lucila na quinta-feira? Sei lá! Para piorar, não sabia também o que dizer agora... Me arrependi de

ter telefonado para ela, mas me parecia um absurdo desligar imediatamente.

Tentando evitar o silêncio, disse mais uma vez seu nome:

— Lucila...

Era patético, mas eu supunha que pronunciar essa palavra talvez acabasse puxando o resto de qualquer frase:

— Lucila...

— Não diga nada! — ela me deteve, recuperando o controle das emoções e assumindo uma impostação trágica, que não admitia contestação. — Agora não há mais nada a ser dito...

Um soluço sufocou sua voz, deixando embargadas no ar as últimas sílabas. Se eu não estava preparado para enfrentar sua ira, pior ainda me encontrava no caso do sofrimento... As lágrimas de Lucila sempre me comoveram, a ponto de me levar à rendição incondicional em todos os nossos conflitos. A raiva que eu sentia desapareceu, então, numa repentina metamorfose. Afinal, eu estava falando com alguém que acabava de passar por um trauma terrível... Devia, no mínimo, bancar o cavalheiro.

— Eu também lamento a morte dele, é claro... — declarei, tentando parecer solidário. — Apesar de tudo...

— Como é que acontece uma coisa dessas, Moreira? — perguntou Lucila, não a mim, mas ao destino, à fatalidade que a aturdia. — Como é possível isso acontecer desse jeito, sem nenhum presságio? Como é possível alguém morrer de uma hora para outra?

Tentar confortá-la com um chavão acerca da inevitabilidade da morte, na minha situação, talvez soasse como um impiedoso cinismo. Calei a boca, deixando o silêncio nos invadir com uma amarga sensação de finitude. Lucila não conseguiu suportá-la e declarou, procurando desmentir a realidade:

— Isso não pode ter acontecido. Isso só pode ser um pesadelo... Me diga que estou sonhando, Moreira...

Apesar de esse lamento ser motivado por meu funesto rival, Lucila me pedia para consolá-la e, ao fazê-lo, pronunciava meu nome com tanta ternura, que me senti forçado a obedecer:

— Procure manter a calma, Lucila. Pense bem, Paul Mahda não era propriamente um inocente... Alguém como ele não podia deixar de ter consciência dos riscos que corria.

Lucila soluçava baixinho do outro lado da linha. Continuei, agora tentando fazê-la encarar a situação com frieza:

— Ninguém merece morrer por ser safado, mas você não pode sofrer por causa de um cara desses. Veja bem...

— Safado, Moreira? — ela me interrompeu, novamente indignada.

Tentei consertar o desastre, bancando o sensato:

— Você não pode se deixar dominar pela sensação de perda, Lucila — expliquei, depressa. — Não pode encarar essa perda como se fosse absoluta... Claro que você vai precisar de um tempo para extravasar o seu luto, mas você não pode esquecer de que tem outras coisas na vida... Por que não passa uns dias com sua filha?

A sugestão — sei lá por quê! — pareceu espicaçar seu desespero. Mais choro! Agora um pranto asmático, em surdina, de quem se rende ao poder da adversidade. Para ampará-la, fiz uma oferta, que não podia deixar de parecer ambígua:

— Se não quiser ficar sozinha... Se estiver precisando de companhia... Você sabe que pode contar comigo, a qualquer momento.

O resultado foi catastrófico:

— Só quero distância de você! — ela explicou, aos gritos.

— Escuta, Lucila...

— Amanhã à tarde vou ao enterro do Paul — ela contou, talvez para deixar claro que não haveria nenhuma oportunidade de eu estar com ela num *tête-à-tête*. — Domingo embarco para Nova York. Resolvi antecipar minha viagem. Eu preciso... Acho melhor sair logo do Brasil, para me recuperar... Dar um tempo fora, fazer compras, dançar...

— Faz bem — estimulei.

— Só não embarco amanhã — ela acrescentou — porque tenho de falar com a polícia, antes de ir...

— Polícia?... — perguntei, voltando a me apavorar, ao som dessa palavra. — O que a polícia quer com você?

— Não faço a mínima ideia — respondeu Lucila, num tom evasivo, em que pressenti algum perigo. — Mas falo com ela e depois embarco e...

— Lucila... — interrompi-a, querendo me deter nas suas declarações aos tiras.

Ela não me deixou prosseguir, cogitando, de modo ameaçador:

— Eu devia denunciar você como suspeito... Devia... Depois do seu surto de paranoia ao telefone, já não duvido de nada. Você perde os limites quando bebe, Moreira! Perde a cabeça! E, quando perde a cabeça, você é capaz de qualquer coisa!

A favor dessa opinião, pesava inequivocamente o colapso da minha memória. Por isso, em vez de me defender, tudo o que consegui fazer foi perguntar:

— Você não está pensando que eu matei o Dr. Paul Mahda, está?

— Estou dizendo que a polícia pode te achar suspeito — ela explicou. — Se eles descobrirem que você supunha que eu e o Paul... que eu e você, que nós três... Ora, você me entende!

Claro que entendia, mas claro também que essa não era uma revelação obrigatória:

— E você precisa falar disso para os tiras? — argumentei. — Você não pode deixá-los invadir sua privacidade. Sua vida afetiva não é da conta da polícia.

— Eu vou falar a verdade! — declarou Lucila, furiosa, como se eu tivesse feito uma proposta indecente. — Eu sempre falo a verdade... Não sou de mentira, sabia?

— Então você acha que eu sou o assassino, de verdade?

— Não. Não acho que você matou meu analista — ela confessou, para meu alívio, mas de um modo que não chegava a ser propriamente animador. — Acho que, para a polícia, você pode se tornar suspeito. Aliás, estou certa de que você vai acabar se metendo numa enrascada.

— Por quê? — me esquivei, aflito, apavorado. — Eu não tenho nada com isso, nada mesmo!

Sua vontade de falar tinha acabado:

— Chega! Já conversamos demais! Não quero mais papo com você. Não quero ver você nunca mais, Moreira! Tudo o que você tinha a me dizer foi dito em seu telefonema anterior. De resto, já disse no começo, é muita cara de pau sua me telefonar de novo.

— Lucila — murmurei, tentando acalmá-la, mas ela não me deu tempo e bateu o telefone na minha cara.

Fiquei remoendo essa conversa durante uma eternidade, com o telefone na mão, totalmente incapaz de depositá-lo no gancho. Sem ânimo para voltar para casa, acabei por dormir no escritório. Juntei as duas poltronas e nelas me encolhi, acabrunhado, em posição de feto. Apesar de exausto, a noite me negou o direito ao repouso. Me atormentou com um pesadelo recorrente, que terminava na cabine de um Honda Civic, numa nebulosa esquina da Barra Funda.

No carro, ao lado de Paul Mahda, eu sacava minha Beretta, apontava a cabeça do analista e apertava o gatilho. *Bang!* Sem fazer conta do sangue que encharcava o cadáver, trocava de lugar com ele, para assumir o volante. No momento seguinte, sem perceber como havia chegado lá, eu me encontrava na entrada de um motel e pedia uma suíte. A recepcionista se voltava para mim e eu percebia que se tratava de dona Magnólia.

Azeda até no sonho, a velhota esticou o olhar para o corpo esquálido ao meu lado e informou, com uma careta de nojo:

— Lamento... Aqui não permitimos necrofilia.

Acordei angustiado, encharcado de suor, e espreitei o ambiente, para certificar-me de que estava apenas sonhando. Então, voltei a dormir e a sonhar e a acordar novamente, cada vez mais aflito, até perceber a claridade da manhã que se insinuava na janela. Achei melhor levantar e segui para o banheiro. Embora escovasse os dentes com o cuidado de um adolescente antes de seu primeiro beijo, não consegui acabar com o amargor na boca. A contragosto, eu me via forçado a ruminar um pavoroso coquetel de ressaca e desespero...

De qualquer modo, tratei de enviar a Pavão Lobo o último capítulo num *e-mail*. Missão cumprida, decidi voltar para casa o mais rápido possível. Queria me entupir de calmantes, para reaver as horas de repouso perdido. Depois disso, talvez eu conseguisse encarar o caos da minha vida.

Deixei o escritório às 9h15, a caminho do metrô, na praça da República. A Barão de Itapetininga fervilhava. Enfiei-me no turbilhão dos transeuntes, fazendo zigue-zagues para desviar dos camelôs que atravancavam o calçadão. Para poder acender um cigarro, me protegi da torrente humana junto a uns desocupados que viam televisão na vitrine das Casas Bahia.

Na tela de diversos aparelhos, oferecidos em 24 prestações, sem entrada, um repórter entrevistava um dos membros de uma dupla sertaneja. Abaixo do cantor vestido a caráter, uma legenda informava seu nome, de que não me lembro, e a condição de ex-paciente do Dr. Paul Mahda. Outros pedestres pararam para assistir à reportagem. Um crime envolvendo uma celebridade é sempre um prato cheio para a massa. Entrei na loja, para escutar o que o entrevistado dizia, pois o som dos aparelhos não chegava do outro lado da vitrine:

— Ele era meu terapeuta há cinco anos, porque eu tenho problemas de insônia — relatava o *cowboy*, aparentemente abalado —, desde que comecei a fazer sucesso com a música *Meu coração é uma porteira*, que todo mundo conhece e já me deu um disco de ouro...

O repórter o interrompeu para perguntar sobre sua relação com a vítima.

— Eu gostava demais do Dr. Paul Mahda... — declarou o cantor. — Ele me ajudou a superar muitos problemas pessoais. Por isso, peço às nossas autoridades uma atenção especial para o caso. O Dr. Paul Mahda não é qualquer um e isso não pode ficar assim.

— Pode não — concordou uma mulher de sotaque nordestino, como se se sentisse pessoalmente afetada. — Tem que botar esse assassino na cadeia!

— É isso aí — concordou com ela uma jovem de cabelos cor-de-rosa, que vestia um bustiê dos Gaviões da Fiel. — Não pode dar moleza pra bandido!

A cena foi devolvida ao estúdio da emissora, onde o âncora do jornal anunciou aos telespectadores:

— Exclusivo! Neste momento, nosso repórter está no Departamento de Homicídios e Proteção à Pessoa, falando com o delegado encarregado do caso do Dr. Paul Mahda. Saiba mais sobre esse crime que revoltou muita gente famosa. Acompanhe ao vivo, na tela! Aqui, agora!

A imagem de outro repórter, enfiado num terno xadrez, no corredor de um edifício movimentado, apareceu no vídeo:

— Estamos no Departamento de Homicídios, na rua Brigadeiro Tobias, onde o delegado Edgar Lopes Cliff, que comanda as investigações sobre o assassinato do Dr. Paul Mahda, tem novas informações para dar aos nossos telespectadores...

— Bom dia — murmurou o policial, embaraçado, ao perceber que estava no ar.

— Esse homem é danado!— disse uma mulher de roxo para uma menina que segurava pela mão. — Desse ninguém escapa!

No televisor, o jornalista quis saber:

— E então, Dr. Lopes Cliff, quais são os novos indícios de que o senhor estava me falando?

A câmera enquadrou o rosto do delegado, que alisava a basta sobrancelha com a ponta dos dedos.

— Descobrimos a bala que atravessou o crânio da vítima, no muro da ferrovia paralela à rua Capistrano de Abreu, onde ocorreu o crime. A balística determinou que se trata de um projétil de calibre 7,65 mm, possivelmente disparado de uma pistola automática, como a Walther PP, a Star, ou talvez uma Beretta...

— E qual a importância disso, delegado?

— Ainda é cedo para dizer ao certo, mas o fato de se tratar de uma arma antiga foge aos padrões do sequestro relâmpago.

O repórter indagou:

— Qual seria, então, o motivo do crime?

— Ainda não temos nenhuma hipótese para isso, mas o latrocínio está definitivamente descartado. Além de a vítima ter sido encontrada com dinheiro e objetos de valor, não houve nenhum saque em caixas automáticos com seus cartões de débito nas horas que precederam o assassinato.

Estremeci ao escutar essa última palavra. A nordestina me olhou de um modo estranho. Fiz-lhe uma careta que deve tê-la assustado, pois ela se escafedeu, misturando-se à multidão em trânsito. De repente, suplantando os sons da TV e o barulho do comércio, escutei as batidas descompassadas de meu coração, denunciador. Eu acabava de me lembrar da Beretta "34" que o velho trouxera da guerra e que eu guardava na primeira gaveta da escrivaninha... Era a arma antiga a que se referira o delegado?

XIV

Considerando minha amnésia cada vez mais suspeita, deixei as Casas Bahia e resolvi voltar para o escritório. Uma boa dose de adrenalina apressou meus passos, atrapalhados pelos trancos com a multidão na rua. Comecei a acreditar que Lucila não se enganava: eu era mesmo um prato cheio para os tiras. Tinha um motivo. Tinha em mãos a presumível arma do crime. Tinha tudo, menos um bom álibi. Nem sequer saberia dizer onde estava na hora do tiro...

Se matei Paul Mahda num arrebatamento alcoólico, Lopes Cliff, com certeza, logo estaria no meu rastro, como um velho sabujo. Merda! Eu não tinha nenhuma experiência com homicídios e, no fogo em que me encontrava, era impossível não ter deixado vestígios... Impressões digitais, fibras, bitucas de cigarro, material genético! Sem falar em eventuais testemunhas, sabe lá se alguém tinha me visto... Enfim, se eu insistisse nessa linha de raciocínio, acabaria vitimado por um colapso nervoso. Decidi me voltar para um aspecto mais pragmático do meu caso: não era por ser suspeito que eu precisava parecer suspeito...

O mais importante era aparentar inocência e desaparecer com todos os indícios que estivessem ao meu alcance. Entusiasmado com essa ideia, cheguei ao escritório, tranquei a porta e retirei a Beretta do lugar onde a guardava. Ao sentir em minha mão o seu frio metálico, atinei que a arma podia acertar na cabeça a esfinge que minha amnésia tinha criado. Se atirei de fato no terapeuta, haveria uma cápsula vazia no pente de balas. Me bastava, portanto, liberar o artefato para conferir o veredito... Culpado ou inocente?

XV

Não sei dizer o que paralisou meu polegar no cabo da pistola, se o temor da verdade ou da polícia... Além do mais, eu precisava ser rápido e afastar de mim qualquer suspeita. Em vez de abrir a arma, preferi tratar de me livrar dela, jogando-a no fundo do Tamanduateí. Mas não tive coragem de sair à rua, com a arma escondida na cintura. Em vão, pedi a Deus que ela se desintegrasse. Por fim, passei a crer que era possível recorrer a alguma espécie de trapaça. Fazer a pistola sumir, sim, mas só aos olhos da polícia. Afinal, não era minha intenção abrir mão dela. Que é isso? Eu gostava da arma... Ia querer a Beretta de volta, em tempos mais amenos.

Então me ocorreu que eu estava em um local muito apropriado para realizar o truque de mágica que tinha em mente. Entre as respeitáveis instituições financeiras que se escondiam da vizinhança do meu escritório, o que não faltava eram casas de penhores informais. Uma no sexto andar, outra no terceiro, mais uma na sobreloja... Abracadabra! Resolvi colocar a pistola no prego, o que me pareceu genial, a princípio. Depois, sem nenhum motivo, passei a considerar a ideia inconsistente. Enfim, voltei atrás mais uma vez, lembrando que um lugar banal pode ser um excelente esconderijo. Coloquei a arma no cós da calça, verificando se ela fazia volume por baixo da camisa. Olhei o relógio, acendi outro cigarro.

Desci para o sexto andar pela escada de serviço. Fui ao fim do corredor, onde se encontrava a sala de um prestamista. "Vieslau Borowski — Sigilo Absoluto", informava uma placa de latão em sua porta. Toquei a campainha e sorri para uma câmera que se voltara para mim com um zumbido. Identifiquei-me pelo interfone. Após o clique da fechadura eletrônica, entrei num compartimento dividido em dois por um balcão de aço, com barras que iam até o teto.

Do outro lado das grades, sentado numa banqueta, atendia o agiota, impassível, entre um crucifixo na parede e um segurança armado até os dentes.

— Em que posso lhe ajudar? — perguntou o polonês, economizando o bom dia.

Expliquei que queria empenhar uma arma de fogo italiana, na verdade uma Beretta que datava da Segunda Guerra... Era antiga, mas estava em perfeito estado de conservação e funcionamento. Eu pretendia resgatá-la em um semestre, no máximo em um ano.

Avisei que ia tirar a pistola da cintura e colocá-la no balcão, o que não evitou que o segurança levasse a mão ao coldre. Borowski examinou a Beretta, com descaso, e sacou uma calculadora do bolso. Fez várias operações, antes de me fazer sua proposta:

— Dou 1.500 reais, pelo prazo de um semestre, com juros de 10% ao mês. Se quiser renovar depois, terei de recalculá-los...

— O senhor está brincando — reclamei. — Uma arma como essa vale pelo menos 7 mil para colecionadores.

O polaco não retrucou. Apenas olhou para o relógio de ouro no pulso e começou a assobiar uma mazurca.

— Pensei que ia conseguir pelo menos 2 mil — confessei, desanimado.

— Dou 1.500 — repetiu o usurário, seco. — Meus juros estão 0,5 % mais baixos que os da concorrência...

— Olha...

— E hoje está tudo fechado. É fim de semana. Só na praça da Sé o senhor vai encontrar outro capitalista...

Considerei a possibilidade de atravessar o viaduto do Chá e ser surpreendido por uma operação pente-fino da Polícia Militar... Eu não dispunha de porte de arma, e a Beretta nem sequer era registrada. Resignei-me: não era o caso de tentar ganhar mais, com o meu pescoço a prêmio. Aceitei o esbulho e assinei os papéis que me amarravam ao agiota por um longo semestre. Ao fim do prazo, para ter a Beretta de volta, bastava pagar ao desgraçado quase o dobro do montante do empréstimo.

Deixei a loja do polonês, enfiando as 1.500 pratas na carteira, onde escondi a cautela. De volta ao escritório, me sentia menos angustiado. Mas estava também arrependido pelo fato de não ter examinado a Beretta e extraído a bala que estilhaçava minha consciência. Voltar atrás, porém, era impossível. Não com a custódia da arma nas mãos de um cara como Vieslau Borowski. Balancei a cabeça. Já estava na hora de eu voltar para casa.

O tempo também não deixa de ser um usurário. Passava do meio-dia. Já não podia me dar ao luxo de descansar a tarde inteira. Procurei no jornal a página dos anúncios fúnebres. Ir ao funeral de Paul Mahda começou a me parecer uma excelente forma de continuar sepultando eventuais suspeitas. O enterro aconteceria às 17 horas no Cemitério São Paulo. Lá estaria eu — devidamente chocado com o assassinato — para dizer adeus ao grande homem, de cuja intimidade pude privar por tão pouco tempo...

Enrolado numa toalha, penteando o cabelo, escolhi no armário uma roupa discreta, adequada a um velório. Novamente pensei em Lucila. Será que estaria lá? Não era melhor eu ligar para ela e fazer mais uma tentativa de aproximação? Não poderíamos ir juntos ao enterro? Telefonei, afinal, mas quem atendeu foi a secretária eletrônica. Seu celular também estava mudo.

Acabei de me vestir, cobri a cara com um Rayban e analisei no espelho minha aparência, que não chamava a atenção. Eu podia me misturar ao cinza da cidade, desbotando imediatamente na memória de quem me visse de relance. Eram 16h10 quando fiz sinal para um táxi, na alameda Barros. Eu chegaria ao cemitério com uma folga de meia hora para o último adeus.

No caminho, vislumbrei mentalmente duas imagens, que faziam parte da minha bebedeira diluviana. Na primeira delas, eu me encontrava num elevador sei lá onde, chafurdando o nariz no pescoço de uma puta. Na segunda, sentado num bar da praça Marechal Deodoro, eu propunha derrubar o Minhocão a um grupo de estudantes bêbados.

Nenhuma das cenas tinha nada a ver com o assassinato, mas já era um começo. Outras imagens poderiam aparecer a qualquer momento. Uma hora eu havia de chegar ao local onde estivera na madrugada da fatídica quinta-feira... Essa convicção despertou meu otimismo. Mesmo tendo cometido o crime, ponderei, dispunha dos meios para pagar um bom advogado. Um doutor em chicanas, capaz de fazer valer as atenuantes e benefícios da lei a um réu primário, duplamente fora do seu juízo perfeito, uma vez que bêbado e apaixonado... No máximo, eu poderia pegar seis meses de xadrez, em cela compatível com o meu diploma universitário. Já em seus aspectos éticos, talvez a questão fosse mais espinhosa, mas — como diz Zé Augusto — não era hora para moralismos.

Desembarquei na Cardeal Arcoverde no portão principal do cemitério. Uma pequena multidão se aglomerava ao redor da capela onde o corpo de Paul Mahda era velado. Eu sabia que a popularidade de sua clientela não podia deixar de atrair um batalhão de curiosos. Ao primeiro olhar, constatei o comparecimento de pelo menos quatro celebridades, o que justificava a presença de uma equipe de TV no local. Pouco depois distingui outras caras, conhecidas em círculos mais restritos, como dona Magnólia e sua colega de consultório.

Avistei Lucila, de braço dado com o ex-marido. Por alguns instantes fiquei me perguntando se devia ir até ela, mas achei melhor deixar que nos cruzássemos ao acaso. Dei-lhe as costas e contornei um grupo compacto de fãs da atriz Lavínia Teles, que a acompanhava enquanto era entrevistada por um radialista. Aproximei-me da capela, fingindo não perceber Pavão Lobo, que me acenava freneticamente, ao lado de sua secretária. Mas eu não queria falar com ninguém por enquanto. Queria saborear a súbita sensação de paz que me invadira. Na verdade, estar no velório conseguiu aliviar o meu pânico. Havia ali várias outras pessoas que também podiam parecer suspeitas...

Por que não o próprio Zé Augusto, disposto a qualquer coisa em troca de um bom *marketing*? Quem sabe o editor tinha perdido as estribeiras e encomendara um crime para alavancar as vendas do livro de Paul Mahda? E quanto a Lucila então? Decerto ela não se encontrava acima de qualquer suspeita. Tratava-se de uma mulher intempestiva, com quem Paul Mahda teria rompido, pouco antes de ser morto. Quem sabe como Lucila havia reagido à rejeição?

Depois, na linha do crime passional, eu podia incluir vários outros nomes na minha lista. Por que não dona Magnólia, cuja atitude para com o patrão parecia ultrapassar a simples dedicação profissional? Além dela, a agenda de Paul Mahda não poderia deixar de estar repleta de outras candidatas a assassinas. Todas as vítimas da sua sedução se encaixavam como um mordomo no papel de culpadas. Sem falar nos seus maridos, amantes, namorados...

Mas não pude prosseguir com essas reflexões, pois Zé Augusto se aproximou de mim bem a tempo de ver Lucila, que caminhava inadvertidamente na minha direção, mudar de rumo, de modo a me evitar.

— Não está cuidando bem da namoradinha? — perguntou, provocante. — Parece que Lucila não quer chegar nem perto de você...

Com o máximo de delicadeza de que me senti capaz, respondi:

— Não enche o saco!

— Porra, Moreira! Pega leve — replicou Zé Augusto, sem fazer conta da grosseria. — Só não vou reagir à altura porque adorei o último capítulo que você me mandou... Sem falar no prefácio. Uma obra-prima!

Pavão Lobo prosseguiu, contando que o assessor de imprensa já havia plantado uma nota na *Ilustrada*: o autor assassinado deixava os originais de um livro inédito, a ser lançado dali a vinte dias. Mal lhe dei ouvidos, até escutá-lo dizer que fora contatado pela polícia.

— O que os tiras querem saber de você? — perguntei, assustado.

— Na verdade, um delegado chegou a mim por meio de dona Magnólia, que lhe falou sobre o nosso livro.

— Não me diga que você envolveu o meu nome nesta história...

— Claro que sim. Por que não? Você tem alguma coisa a esconder?

Falei rápido, para evitar que Pavão Lobo percebesse meu incômodo:

— Claro que não! O que eu poderia ter para esconder?

— De qualquer forma, é melhor preparar o espírito. Como eu, você será intimado a prestar depoimento, pois esteve com a vítima pouco antes do crime.

Por falar no diabo, avistei o delegado da TV, com seu tipo avermelhado, zanzando entre os participantes do velório. O tira usava óculos escuros, sendo impossível afirmar para onde ele olhava. Porém, eu pressentia que só podia ser para mim. Fui me refugiar junto às pessoas que entupiam a câmara-ardente, sendo forçado a encarar o cadáver de Paul Mahda.

XVI

Enverguei uma expressão de tristeza e encarei o cadáver de Paul Mahda. Normalmente, um cadáver indica a quem o vê um beco sem saída. Para mim, porém, o corpo do analista apontava uma terrível encruzilhada. O sorriso posto pela funerária em seu rosto de cera me acertou como um soco na boca do estômago: seria eu o autor daquela lúgubre escultura?

Não consegui ficar diante do caixão por mais de um minuto. Me afastei rapidamente, sob o olhar ultrajado de dona Magnólia, que devia considerar minha pressa desrespeitosa. Do lado de fora, outra imagem aterrorizante me aguardava: Lucila e o delegado Lopes Cliff conversavam animadamente — embora se calassem quando passei por eles. Pude imaginar o tema do empolgado colóquio, sem conseguir, contudo, precisar onde eu me encaixaria nele.

Pela primeira vez na vida, reencontrar Pavão Lobo constituiu um imenso prazer. O editor estava distribuindo sorrisos e cartões de visita às celebridades que passavam ao seu redor. Ao pôr os olhos em mim, aproximou-se e me pegou pelo braço.

— Tem muita gente aqui precisando dos nossos serviços — confidenciou, apontando com a cabeça para uma velhota empetecada, que lhe acenou do canto onde estava. — Sabe quem é? É a Henriqueta Balbino, um monstro sagrado do nosso canto lírico. Ela acha que já está mais do que na hora de ter a sua autobiografia publicada, mas não encontra tempo para sentar diante do computador e...

— Sei — respondi com descaso.

— Quer coisa mais chique? Você como o fantasma de uma grande soprano! — ele continuou, espirituoso.

Acometido por uma súbita hilaridade, solfejei o começo de uma ária de *La Traviata*, atraindo um punhado de olhares enraivecidos. Zé Augusto me cutucou com o cotovelo:

— Modos, Moreira! Tenha modos! Não sabe se comportar num enterro?

Dei de ombros e ele mudou de assunto, resolvido a matar a curiosidade que até então escondera:

— A Lucila está aí de braço dado com outro homem. Você viu? Olha ela ali... O que aconteceu? Vocês não estão mais juntos?

Continuei mudo e ele me provocou.

— O cara é alto, bem-apanhado, bonitão...

— É o ex-marido dela, Zé Augusto — interrompi, para deixar claro que aquilo não me pegava de surpresa. — O nome dele é Carlos Eduardo...

— Algum dos dois era paciente do Paul Mahda? — ele perguntou, para esclarecer a presença de ambos no cemitério.

— A paciente era ela — expliquei, dando-lhe um pouco do que queria para ver se encerrava o assunto: — O ex-marido deve estar aí para me manter a distância.

— Quer dizer que as coisas entre vocês estão nesse pé? Então já posso me candidatar a um jantar à luz de velas...

Minha vontade de mandá-lo à merda foi contida pela chegada do assessor de imprensa da Editora Pavão, que carregava um jornalista a tiracolo. Excitado, ele se dirigiu ao editor, fazendo as apresentações:

— Esse aqui é o Marcos Demerval, que faz *freelances* para a *Folha de S. Paulo*. Escreve maravilhosamente bem e é um ótimo crítico literário. Ele quer falar com você sobre o livro inédito do Dr. Paul Mahda. Combinamos que você lhe dá as notícias em primeira mão e ele vai batalhar uma capa do *Caderno 2*... Marcos, esse aqui é o professor Pavão Lobo...

Zé Augusto empertigou-se, ajeitando o nó da gravata, mas não se deixou levar pela empolgação do assessor nem pela pose do frila e tratou de valorizar sua mercadoria:

— Na verdade, eu estava pensando em convocar uma entrevista coletiva, porque não fica bem privilegiar esse ou aquele veículo...

Entretanto, o caixão de Paul Mahda deixava a capela, conduzido por um sexteto de familiares, amigos ou colegas da profissão. Atrás, a pequena multidão tentava desordenadamente se organizar em um cortejo. Aproveitei a oportunidade para escapulir despercebido pelo dédalo de sepulturas. Já tinha marcado minha presença no funeral e não fazia questão de assistir aos últimos ritos, nem dirigir ao finado meu adeus derradeiro. No que se referia a mim, aliás, eu nem sequer desejava que a terra lhe fosse leve.

Saí do cemitério e peguei um táxi para casa. Ali me enterrei, transtornado, decidido a esvaziar, gole por gole, toda a minha bem abastecida adega. Do uísque ao conhaque, da vodca ao vermute, não deixei escapar nem mesmo um litro caseiro de licor de ovo — o que é uma prova indiscutível do meu desvario. Dessa vez, porém, eu não queria saber de perder a consciência. Sei me virar com o etanol o suficiente para conseguir ficar alto, sem me deixar nocautear, de modo a prolongar a bebedeira por vários dias. É claro que dormi algumas horas entre o fim do sábado e a extensão do domingo, mas, de qualquer modo, ao acordar, eu entornava sempre mais um trago, para poder continuar enfrentando, impassível, o panorama aterrador do inferno.

Agora, já não me torturava o fato de ter ou não exterminado o terapeuta, muito menos a eventualidade de vir a ser enjaulado. Não. Era outra coisa que me corroía o ventre e lancetava meu coração como um demônio. Se o meu amor por Lucila era capaz de me levar ao assassinato, deixá-la escapar de mim para sempre era escrever o desfecho de nosso romance de um modo terrivelmente equivocado.

Calma! Eu precisava ordenar os acontecimentos que se sucederam num louco turbilhão desde a última vez que deixara o consultório de Paul Mahda havia cinco dias. Para começar, eu não podia ter 100% de certeza de ser Lucila a mulher que vira na sala de espera, embora as probabilidades, obviamente, não se encontrassem muito abaixo disso. Admitindo que se tratasse dela, que ela tivesse sido seduzida pelo analista, até que ponto seria justo culpá-la por isso?

Por mais que o despeito de um homem enganado soprasse em meu ouvido, era impossível não reconhecer a responsabilidade de Paul Mahda nessa história. Não era ele um autêntico psicopata? Não era ele um assumido erotômano? Não se vangloriava o tempo todo de suas incontáveis conquistas? Não se gabou certa vez da aplicação de seus conhecimentos científicos a suas finalidades mais torpes? Que mais, então, eu precisava considerar? Ao analista, sim, cabia inexoravelmente toda a culpa.

Ai, Lucila! Como pude não ter me dado conta disso? Por que a acusei sem raciocinar, tão apressada e levianamente? Como tive coragem de agir assim com você, que me é mais importante do que tudo, tudo, tudo? Com essas questões me dilacerando a alma, deixei de lado até o meu cinismo — do qual tanto me orgulhava. Me vi forçado a confessar, contrito e humilde: eu amava Lucila, amava mesmo, amava muito, amava e fim. Não me sentia capaz de viver sem ela. Seria mais fácil abandonar o álcool e a nicotina.

Chega! Eu precisava tê-la de novo entre meus braços, apertá-la mais uma vez contra meu peito e beijá-la na boca. Corri para a cozinha e preparei um café, para começar a exorcizar minha bebedeira. A seguir, me enfiei sob o chuveiro gelado, acreditando que o choque térmico completaria essa tarefa. Minha intenção era surpreendê-la, aparecendo do nada, e acompanhá-la até o aeroporto, num carinhoso bota-fora. Depois de me enxugar, relativamente sóbrio, fiz a barba, passei perfume e escolhi minhas melhores roupas. A tarde de domingo morria e eu — renascido — procurava um táxi, decidido a ir até Lucila, a encontrá-la antes que ela partisse e eu a perdesse para sempre. Acenei para um Fiat de frota que avistei mais adiante.

— Vamos para a Vila Olímpia — expliquei ao motorista.

O homem ligou o taxímetro e seguiu em direção à Amaral Gurgel. Para mim, naquele momento, o eventual *affaire* de Lucila com Paul Mahda também já descera à sepultura e eu já a havia perdoado por completo. Só queria que Lucila conseguisse me perdoar também por tudo que lhe havia dito na noite que minha amnésia tinha apagado. Se ela aceitasse pensar um pouquinho sobre nós dois enquanto estivesse em Nova York, quando retornasse eu estaria à sua espera.

Naturalmente, eu não alimentava ilusões de que ela voltasse atrás de imediato. Não era do seu feitio aceitar prontamente um pedido de perdão, depois de uma desavença grave. Mas eu me dispunha a suportar qualquer humilhação, contanto que Lucila me escutasse. E eu a conhecia o suficiente para saber o quanto lhe agradaria me ver de joelhos. Decerto, Lucila não demonstraria o menor sinal de comoção quando estivéssemos cara a cara. Mas minha submissa declaração de amor incondicional seguiria com ela para Nova York, acompanhando-a em seus passeios no Central Park, nas visitas ao Guggenheim, em suas noitadas no Village. Além disso, ela também haveria de estar remoendo a culpa de sua traição e recordando os grandes momentos que vivemos, desde que nos conhecemos no escritório de Zé Augusto. Some-se a isso a instabilidade natural de Lucila, e nossa reconciliação, em seu retorno, já me parecia favas contadas.

Em meio aos meus apaixonados devaneios, eu só deixara de lado um pequeno detalhe: o fato de o embarque de Lucila ter acontecido na manhã daquele domingo, como ela mesma me informara. Só por isso eu não contava com a inevitável possibilidade de dar com a cara na porta.

— Dona Lucila viajou hoje de manhã — avisou o porteiro do prédio pelo interfone. — Disse que volta só daqui a um mês.

A declaração me atingiu como uma pedrada. Vi o mundo girar ao meu redor. Nem sei dizer como voltei para casa. Quando dei por mim, estava sentado no sofá da sala, emburrado, engolindo uma xícara de café frio e um pedaço de pão francês amanhecido. Ao acaso, meus olhos deslizaram pela capa do jornal do dia, jogado no chão. Uma pequena chamada no pé da página atraiu minha atenção:

"'Fui seduzida pelo analista assassinado', afirma *top model*."

O sedutor em questão não era outro senão o ilustre Paul Mahda. Michelle Patrick, a modelo — uma loira espetacular —, fora sua paciente nos últimos três anos. Segundo declarava ao periódico, tinha demorado "algumas sessões, até perceber que estava sendo assediada". Por algum tempo, foi capaz de resistir ao cerco. Porém, acabou por se entregar, "considerando que o Paul era um homem lindo e que inspirava grande confiança".

A reportagem lhe perguntou por que manteve o caso em segredo por tanto tempo. Michelle afirmou que, só após o assassinato, descobriu que Paul Mahda tivera casos com outras pacientes. Acreditava que a informação talvez ajudasse a polícia a esclarecer o crime. A reportagem praticamente parava por aí. Ao contrário, eu não podia me contentar só com isso. A declaração de Michelle Patrick não poderia deixar de ter algum desdobramento. Outras vítimas do analista possivelmente mostrariam a cara. Liguei a TV num canal de notícias.

Durante a mais longa meia hora da minha vida, assisti a todos os gols dos campeonatos carioca, mineiro e paulista. Acompanhei também, exasperado, no noticiário político nacional, os casos mais recentes de corrupção nos três poderes e a criação de um novo imposto. Afinal, chegou a vez da crônica policial, com uma série de assaltos a caixas eletrônicos na região da Paulista e dois arrastões a condomínios de luxo na Vila Nova Conceição. Depois, o âncora anunciou a presença de um representante da Associação Jacques Lacan no estúdio.

— Repudiamos veementemente as ilações dessa figura leviana à emérita pessoa do nosso colega vitimado por brutal fatalidade — disse um tipo com cara de turco, que uma legenda informava ser o Dr. Domingos Issa Domingos, psicanalista. — O Dr. Paul Mahda era um profissional de reputação ilibada, um homem acima de qualquer suspeita.

— Então, a que o senhor atribui as declarações de Michelle Patrick sobre o caso? — perguntou a repórter sentada a seu lado.

O entrevistado não desperdiçou a oportunidade. Começou a traçar um perfil psicológico da *top model*, segundo o qual eventuais interessados não teriam dificuldade em solicitar sua internação num manicômio. Issa Domingos falou difícil, para deixar claro sua condição de especialista:

— Um exame detalhado da seleção vocabular e das construções sintáticas da senhorita Patrick, isto é, um olhar atento para a projeção do eixo sintagmático sobre o paradigmático, com seus frequentes lapsos e atos falhos, evidencia que a denunciante apresenta um grave transtorno de personalidade, o que retira qualquer credibilidade de suas afirmações...

— Mas, doutor — interrompeu a repórter —, acaba de nos chegar a informação de que uma outra paciente também afirma ter sido seduzida por Paul Mahda... Trata-se da cantora Eliana Rapper, um dos nomes mais destacados do *hip-hop* paulista. O que o senhor diz disso?

O representante da associação engoliu em seco, mas não perdeu o rebolado:

— Devido ao caráter transparente da Associação Jacques Lacan e dos profissionais a ela ligados, não deixaremos de tomar todas as providências necessárias ao esclarecimento do caso, mas a opinião pública não deve fazer julgamentos antecipados, nem considerar o Dr. Paul Mahda culpado antes que se procedam às mais rigorosas investigações.

A câmara focalizou o âncora, que agradeceu a participação do convidado e passou ao próximo ponto da pauta. Mais uma vez, até pegar no sono, assisti aos gols da rodada e ao noticiário político, num estado de apatia, indiferente a tudo. Acordei muito tempo depois, quase ao meio-dia, com o celular que me chamava com insistência. Era Pavão Lobo, num arroubo da mais esfuziante euforia:

— Moreira, as coisas estão pegando fogo! Você já sabe, não é? Apareceram mais duas pacientes do Paul Mahda dizendo-se seduzidas por ele, uma artista plástica e uma cientista social. O homem era um sátiro, Moreira! Não perdoava ninguém que se deitasse em seu divã! Puta que o pariu! O livro vai estar nas livrarias no fim desta semana. Já encomendei a primeira reimpressão. Isso vai vender pra caralho!

— Ótimo — resmunguei, sem entusiasmo.

Ele percebeu meu descaso e urrou do outro lado, antes de desligar:

— Você também devia estar contente, seu ingrato, seu puto! Acabei de depositar a segunda parcela do seu pagamento, mais uma gratificação, está ouvindo? Uma generosa gratificação!

Não foi a magnanimidade de Zé Augusto que me fez acordar definitivamente. O que me despertou foram as novas denúncias contra Paul Mahda que ele me relatou. Uma artista plástica e uma cientista social? Me concentrei novamente na televisão. Depois da reportagem sobre uma carreta que entalou na ponte da Casa Verde, provocando 75 quilômetros de congestionamento, o noticiário voltou-se para o que eu queria. Ao vivo, do Departamento de Homicídios e Proteção à Pessoa, uma jovem repórter entrevistava o delegado Edgar Lopes Cliff.

— Naturalmente — dizia o tira — essas denúncias de sedução nos levam a considerar outros motivos para o crime e nos abrem uma nova linha de investigação. Já se pode considerar a hipótese de que o assassinato tenha sido motivado por vingança, seja de uma das mulheres seduzidas pelo Dr. Mahda, seja pelo marido ou companheiro de uma delas...

— E o que a polícia pretende fazer agora, delegado? — perguntou a jornalista.

— Vamos dar sequência aos trabalhos de praxe, oitiva de testemunhas, acareações... Também já contamos com indícios levantados pela perícia. Não gosto de fazer previsões, mas creio que até o fim da próxima semana esse caso já estará esclarecido.

Para mim, essa última declaração soou de um modo assustadoramente ameaçador. De um momento para o outro, eu fora assolado pela certeza de ter cometido o assassinato, embora continuasse a não me lembrar de nada. Minha angústia tornou-se ainda maior diante da minha impotência quanto a todos os eventos relacionados ao caso. Tudo que eu podia fazer era acompanhá-los pela TV. Eu estava me sentindo como o personagem principal de uma obra que o autor, inexplicavelmente, jogou para escanteio, relegando-o a um papel apagado e secundário.

XVII

Talvez fosse melhor ser somente um personagem secundário. Representar o papel de um mero figurante nessa trama diabólica. Continuar fazendo o que sempre fiz, como um anônimo fantasma, já que não tenho o mínimo talento para farsante. E por falar em farsantes... A caminho do escritório, no dia seguinte, passei em frente à vitrine de uma livraria na Barão de Itapetininga, onde um *display* com o rosto sorridente de Paul Mahda anunciava, para dali a uns dias, mais um sensacional lançamento da Editora Pavão: *A supremacia psicobiológica — um guia para a paz na guerra dos sexos.*

Essa visão, por si só, me exasperava, mas me aumentava muito o desespero o fato de ver as pessoas acorrerem à livraria para reservar um exemplar da obra-prima. Devido ao assassinato do autor ou à suposição de que ali havia uma panaceia para todos os males do coração humano, o livro já começava a se transformar num best-seller.

Pouco depois de chegar ao escritório, enquanto procurava as novidades no jornal do dia, a campainha tocou — o que teve em mim o efeito de um choque elétrico. Quem poderia estar atrás de mim àquela hora? O susto se transformou em apreensão quando coloquei a cara no olho mágico. Do outro lado da porta, avistei o semblante anglo-saxônico do delegado Edgar Lopes Cliff. Como, diabos, o detetive aparecia assim, do nada, à minha procura? Achei menos suspeito atendê-lo sem nenhuma demora. Respirei fundo e abri a porta.

— Dr. Lopes Cliff... — murmurei, à guisa de saudação.

O delegado me encarou surpreso, querendo saber:

— O senhor me conhece? Já fomos apresentados?

— Pela TV, pelos jornais — expliquei. — O senhor é o policial mais famoso de São Paulo nesses dias.

— É uma pena — disse o tira, aborrecido. — Eu preferia o anonimato.

— A maioria das pessoas não pensa assim — repliquei, deixando-o entrar e indicando uma poltrona.

Ele se acomodou e explicou seu ponto de vista:

— No meu trabalho, o anonimato propicia mais liberdade de ação.

Fiz que sim com a cabeça e nos calamos, examinando-nos mutuamente. Quer dizer, ele, decerto, me examinava. Eu apenas o contemplava, admirado, como se me visse diante de um personagem mitológico que jamais acreditei pudesse se sentar numa poltrona à minha frente. Para romper o silêncio, perguntei:

— A que devo a honra da visita?

— O senhor não imagina?

— Não faço a menor ideia — declarei.

— É difícil crer.

— Não sei por quê.

— Minha presença o assusta? — ele quis saber, como quem quer confirmar uma impressão.

— Na-na-não... — gaguejei. — Po-por quê?

— O senhor está pálido...

Contei minha primeira verdade do dia:

— Bebi demais na noite passada... Não estou me sentindo muito bem.

— Entendo — ele retrucou, seco, induzindo-me a prosseguir.

Tentei reverter o jogo, lembrando-o de que ele ainda não dissera a que eu devia a honra da visita... O delegado sorriu, respirou fundo e, como um professor diante de um aluno obtuso, explicou pausadamente:

— Eu falei com o professor José Augusto hoje cedo. Ele me disse que eu poderia encontrá-lo aqui... Contou que o senhor teve contatos frequentes com o Dr. Paul Mahda. Aliás, mais frequentes do que ele mesmo, o professor José Augusto, que só viu o analista por ocasião da assinatura do contrato de edição...

Interrompi-o, impaciente;

— Certo. Mas afinal em que posso lhe ser útil?

— Se o senhor teve contatos frequentes com Paul Mahda nos dias que antecederam sua morte...

— Nem tão frequentes assim — atalhei, esclarecendo. — O Dr. Paul Mahda era um homem muito ocupado. Reduzimos nossos contatos ao imprescindível.

— De qualquer modo, o senhor talvez possa dizer alguma coisa importante para a solução do crime.

Não me faltavam, de fato, informações no mínimo extraordinárias, mas é claro que eu não tinha a menor intenção de entregá-las de mão beijada. Preferi procrastinar:

— A praxe não é a gente ser chamado a prestar depoimento na delegacia?

— Não sou muito afeito a essas burocracias — ele explicou, com o olhar contrariado. — Se o senhor quiser, podemos ir até o distrito.

— Não, não. Podemos falar aqui mesmo. Até porque não tenho muita coisa a dizer.

O delegado não concordava comigo:

— Paul Mahda falou muito com o senhor nos dias anteriores ao crime. É difícil não haver algum detalhe útil... Tente lembrar-se de seus encontros com ele, daquilo que vocês falavam...

Era impossível continuar fingindo tranquilidade sem saber ao certo quanto tempo esse interrogatório iria durar. A simples presença do delegado tornava cada vez maior meu desespero. Minha cabeça se transformara numa panela de pressão cuja válvula não parava de sibilar um só instante. Faltava muito pouco para explodir. Acreditando que nada de comprometedor havia nas entrevistas gravadas com o analista, coloquei essa carta na mesa:

— Tudo o que falamos foi gravado. Eu o entrevistava para escrever um livro, como Pavão Lobo já deve ter dito. As fitas estão aqui, à sua inteira disposição...

— Excelente.

Senti que a oferta me angariou alguns créditos e acrescentei, com um sorriso malicioso:

— Com as fitas, o senhor vai poder verificar todos os casos de sedução que têm sido denunciados.

Lopes Cliff piscou um olho e quis saber:

— O homem era mesmo um Casanova?

— Compulsivo — confirmei, acendendo um cigarro.

— Então, o senhor não se espantaria se uma vingança fosse o motivo do crime?

— Não. De jeito nenhum.

Aproveitei o ensejo para contar um caso protagonizado pelo analista. O delegado achou graça e me incentivou a contar mais um quando cheguei ao final. Ganhei um pouco de confiança em mim mesmo e fiquei mais à vontade, reclinando na cadeira. Contei a história de uma colega de Paul Mahda, que ele traçou durante um congresso acadêmico. Quando cheguei ao desfecho, o delegado chorava de tanto rir. Conteve-se, depois de alguns instantes, tirando um cachimbo do bolso e me olhando como se aguardasse permissão para acendê-lo. Assenti com a cabeça.

Depois de uma turva baforada, Lopes Cliff perguntou, de chofre:

— Onde o senhor estava na hora do crime?

Demorei a responder, pálido como um garoto diante dos cacos de um vaso quebrado:

— Em casa, dormindo.

— Sozinho? — ele continuou, sem me dar fôlego.

— Infelizmente...

— Ninguém pode confirmar isso, então. O senhor não tem um álibi.

— Por que eu deveria ter um? — explodi. — Eu gostava de Paul Mahda. Ganhei um bom dinheiro sendo seu *ghost-writer*. Ele gostou do meu trabalho. Ficou meu amigo. Se pretendesse publicar mais uma obra, certamente me chamaria para escrevê-la. Eu só tinha a ganhar se ele continuasse vivinho da silva.

— Sei — fez o delegado, com o cachimbo pairando na boca torta.

— Além do mais, eu nem sou casado. Sou um solteirão convicto. Não tenho mulher para ele ter comido.

O delegado replicou, debruçando na escrivaninha e aproximando a cara da minha:

— O nome de sua namorada consta da lista dos pacientes do Dr. Paul Mahda.

Lembrei-me do tira conversando com Lucila, no velório, mas tentei tergiversar, protestando:

— Minha ex-namorada...

— Lucila me disse que vocês terminaram o namoro porque o senhor achava que ela tinha tido um caso com Paul Mahda.

— Filha da puta! — não consegui me conter.

— O quê?

— Isso é coisa que se diga, delegado? Porra! O que Lucila pretende? Me incriminar porque eu terminei com ela?

Ele não se deixou impressionar por minha exaltação, nem pela insinuação sobre Lucila.

— Mas ela disse a verdade, não é? — indagou. — O senhor supunha a existência de um caso entre eles.

— Ela disse a verdade — admiti. — Mas daí não decorre que...

— Não estou afirmando nada.

— Eu sou um cara pacífico — declarei, desanimado, certo de que meus esforços seriam inúteis. — Sou um homem de letras, delegado. Tenho horror a sangue. Jamais peguei uma arma nas mãos.

Lopes Cliff deixou minha declaração decantar num longo silêncio, em meio à fumaça azulada que seu cachimbo espargiu entre nós. Depois, repentinamente, voltou sua atenção para a foto do meu pai no porta-retratos sobre a escrivaninha.

— Quem são esses soldados? — quis saber.

— Pracinhas da Força Expedicionária Brasileira — expliquei. — Esse do meio, o mais alto, é meu pai.

— É parecido com você — ele constatou e tomou o porta-retratos na mão, inspecionando a foto.

Após um novo abismo de silêncio, insinuou:

— Se o seu pai lutou na guerra, não é improvável que trouxesse alguma lembrança do campo de batalha. Um capacete alemão, uma bandeira... Talvez uma arma, quem sabe uma Luger, talvez uma Beretta...

Levantei-me da cadeira, para negar peremptoriamente:

— Não, delegado. As únicas lembranças de guerra de meu pai eram fotografias, um emblema com a cobra fumando e uma medalha que ele ganhou por bravura. Posso mostrá-la se o senhor quiser, está guardada naquele cofre... Ele se orgulhava muito dela e me transmitiu esse orgulho.

— Eu gostaria de vê-la, sim, por favor. Só por curiosidade, se você não se incomoda...

Na verdade, o tira queria examinar o conteúdo do cofre e foi o que fez, perscrutando seu interior quando o abri em busca da medalha. Deixei-o espiar à vontade, antes de entregar-lhe a condecoração. Afinal, minha Beretta se encontrava em um outro cofre, inviolável, alguns andares abaixo. Invadido por uma tremenda sensação de invulnerabilidade, declarei, como a desafiá-lo:

— O senhor pode revistar esse escritório se quiser. Até mesmo a minha casa. Quer ir lá agora?

— Calma! O senhor está muito nervoso. Eu supunha que o senhor não tinha motivos para ficar nervoso...

— As pessoas sempre ficam nervosas quando abordadas pela polícia — disparei, com a coragem de quem já se dá por perdido. — Principalmente se são encaradas como suspeitas. Isso tem até um nome. Os advogados chamam de indignação do inocente, não é mesmo?

— Quem disse que eu o considero suspeito?

— Ora, delegado, faça-me o favor...

— O senhor parece estar vendo fantasmas onde eles não existem...

— O senhor não acreditou quando eu disse que não tenho uma Beretta, quer dizer, uma arma...

Um lapso monstruoso como esse certamente não lhe passou despercebido. Para meu espanto, porém, o delegado apenas se explicou:

— Eu só procurei fazer uma dedução, a partir da foto que vi na mesa.

Calei a boca, certo de que, se falasse mais alguma coisa, acabaria me traindo de vez. Surpreendentemente, ele enfiou o cachimbo na boca e se levantou, declarando:

— Acho que já tomei bastante o seu tempo. Se o senhor me ceder as fitas com as entrevistas do Dr. Paul Mahda...

— Pode ficar com elas — falei, atordoado, empurrando-as na sua direção. — São todas suas.

O delegado agradeceu e se despediu. Advertiu que, depois de ouvir as fitas, ia querer me interrogar de novo. Estendeu-me um cartão de visita, pedindo que lhe telefonasse, caso pretendesse sair de São Paulo nos próximos dias.

— Não vou a lugar nenhum, delegado — afiancei.

— Até breve, então.

Depois, Lopes Cliff me deu as costas e deslizou pelo corredor em direção às escadas, por onde desapareceu, deixando somente uma nuvem de fumaça atrás de si. Por alguns instantes, aturdido, não consegui fechar a porta nem voltar para o interior do escritório. Estava claro que eu era suspeito, efetivamente suspeito, aos olhos da polícia. Então, fui dominado pela certeza de que ninguém mais além de mim poderia ser o assassino de Paul Mahda. A maldita certeza negada por minha amnésia.

A ela acabava de se somar uma outra convicção: a de que o delegado não tinha a menor dúvida da verdade e estava somente fazendo um jogo de gato e rato comigo, enquanto coletava as provas para instruir o processo. Corri até a estante e agarrei-me a um livro de Sêneca, onde procurei um trecho que me era particularmente querido. Nele, um deus diz ao ser humano:

"Antes de tudo, tomei precauções para que ninguém vos retivesse contra a vontade; a porta está aberta: se não quiserdes lutar, é lícito fugir. Por isso, de todas as coisas que desejei que fossem inevitáveis para vós, nenhuma fiz mais fácil do que morrer.

Coloquei a vida num declive: basta um empurrãozinho. Prestai um pouco de atenção e vereis como é breve e ligeiro o caminho que leva à liberdade."

XVIII

Sou um cara bem-informado, leio bastante, até já assisti a alguns documentários sobre o tema. Todavia, na prática, sou incapaz de imaginar o dia a dia numa penitenciária brasileira. Ainda assim, acredito que os responsáveis pela gestão do Inferno teriam muito a aprender com nosso sistema carcerário — em matéria de martírio.

Eu já nem me incomodava com a culpa do crime, da qual continuava alternadamente incerto ou convicto. A única certeza que me consumia era a de que Lopes Cliff já tinha me enquadrado e não lhe seria difícil me colocar atrás das grades. Portanto, quando fechava os olhos, só conseguia me ver sendo servido de bandeja para um bando de mestiços bem-dotados, que disputavam minha virgindade no palitinho.

Com certeza, eu não saberia viver foragido nem disporia de meios para fazê-lo se houvesse oportunidade. Assumir outra identidade? Fazer uma operação plástica clandestinamente? Deixar São Paulo para ir morar no lugar onde Judas perdeu as botas? Trabalhar no quê? Como vigia noturno

— única profissão, além da de redator, para a qual me sinto qualificado? Tudo isso estava completamente fora de cogitação. Portanto, não havia outra saída. Melhor o suicídio do que a prisão.

É possível sentir algum gozo na morte? Alívio, talvez. Prazer, acho que não. Mas os momentos antes do final não precisam ser necessariamente desagradáveis. Não. Se eu precisava deixar o mundo, queria fazê-lo em grande estilo. Disse adeus ao escritório e, a caminho de casa, parei num empório, onde comprei duas baguetes, alguns tipos de queijo e três garrafas de Valpolicella. Depois, passei numa tabacaria, para os cigarros e dois Cohibas.

Depositei esses tesouros na minha mesa de jantar e desci até o supermercado da esquina para comprar um pacote de carvão vegetal e dois rolos de fita isolante. A intoxicação por monóxido de carbono me parecia a maneira menos ruim de atravessar a fronteira. Enquanto morresse, poderia saborear o vinho e os charutos, além de escrever uma carta a quem interessar pudesse, para explicar meus motivos. Ninguém me consultou sobre meu interesse em nascer, mas não era por isso que eu deixaria a vida sem dar satisfação. Não, isso não é do meu feitio. Até porque, como escritor, ainda que fantasma, me sentia na obrigação de consignar umas palavras antes de partir.

Depois de vedar as janelas do quarto, desligar o celular e tirar o telefone do gancho, preparei o computador para escrever minhas derradeiras palavras. No entanto, fiquei muito tempo paralisado diante da tela em branco, sem conseguir digitar uma única letra. Dei ao diabo o bilhete do suicida. Iria em silêncio para a sepultura. Me tranquei no quarto, acompanhado dos petiscos e do vinho. Acendi o carvão num fogareiro que coloquei aos pés da cama, a uma distância segura para evitar que fagulhas viessem a atingir os lençóis e provocar um incêndio. Tomadas as devidas precauções para uma morte indolor e segura, abri a segunda garrafa de Valpolicella, deitei confortavelmente na cama e liguei a televisão, para matar o tempo enquanto me deixava morrer.

Devia ser madrugada e a TV exibia um velho episódio de *Columbo*, com Peter Falk no papel do inesquecível detetive atrapalhado. Naquele episódio, John Cassavetes fazia o papel de um maestro que havia assassinado a esposa. Comecei a acompanhar a trama, distraindo-me com ela, entre goles do vinho e baforadas do Cohiba. Tratava-se de uma boa morte para um estoico pós-moderno, pensei, levantando um brinde a Sêneca.

Aos poucos, a fumaça do fogareiro impregnava o quarto. O nível de monóxido de carbono no ar aumentava. Somado o gás aos efeitos do vinho, em pouco tempo eu me encontrava num estado letárgico e já não conseguia acompanhar a evolução do enredo na telinha. A certa altura, tive a impressão de que a figura de Columbo se misturava à do delegado Edgar Lopes Cliff que comentava não o assassinato da esposa do maestro, mas o do Dr. Paul Mahda.

— O exame necroscópico permitiu estabelecer a hora do crime — dizia Peter Falk. — O cadáver foi encontrado às seis da manhã e apresentava uma temperatura de trinta graus. Nas condições climáticas da noite em que o Dr. Mahda foi assassinado, o corpo passa a perder calor à razão de um grau, um grau e meio por hora...

— Há outros elementos que corroboram essa hipótese? — perguntou alguém ao tira, um alguém cujas feições eu não conseguia identificar.

— Com certeza — confirmou Lopes Cliff. — O *rigor mortis*, que atinge seu ápice de cinco a oito horas após o óbito. Além disso, as manchas de hipóstase...

— Dá para explicar melhor, delegado?

— São manchas de cor vermelho-arroxeado formadas pelo sangue que se deposita em determinados pontos do corpo, depois que a circulação sanguínea é interrompida. Elas se tornam fixas depois de decorridas mais ou menos seis horas da morte.

Achei o papo muito técnico para um episódio de *Columbo* e comecei a suspeitar que já estava delirando. Àquela altura, porém, tanto fazia. Devia faltar pouco. Paralisado, fixei minha atenção na cena que se desenrolava na TV, mas que já tinha abandonado o tubo de imagem, invadindo o quarto.

— Se o crime ocorreu por volta da meia-noite, o tiro não teria sido ouvido por algum morador da rua? — perguntava a figura que entrevistava sei lá se Columbo ou Lopes Cliff.

— Pode ser que não. A ferrovia é ali do lado. Se algum trem passasse naquele horário, o barulho encobriria o tiro. De qualquer modo, interrogamos todos os moradores da vizinhança e encontramos uma testemunha que viu um homem alto e loiro sair do carro do Dr. Paul Mahda, guardando alguma coisa no bolso do casaco.

— E então?

— Nós já trabalhávamos com a hipótese de um crime motivado por vingança, devido às denúncias que pesavam contra a vítima, de modo que, a partir daí, não foi tão difícil chegar ao assassino. Levantamos a lista das pacientes do Dr. Paul Mahda e saímos em busca de seus companheiros para ver quem se encaixava na descrição da testemunha. Logo identificamos seis tipos que se encaixavam nela.

— Seis homens altos e loiros, positivo. Mas qual foi o fator decisivo para descobrir o culpado.

— O fator que tem permitido resolver a maioria dos homicídios na atualidade. O exame de DNA. A perícia tinha encontrado um fio de cabelo louro no encosto do banco do carona. O laboratório não demorou a determinar que ele pertencia a Ricardo Fraga, marido de Suzana Tavares Fraga, paciente e amante do Dr. Paul Mahda...

Nesse momento a imagem dos dois homens que dialogavam era substituída pela do rosto moreno de Suzana Tavares Fraga. Uma bela mulher, de cabelos e olhos muito negros, nariz delicado e os lábios perfeitos. Em outras palavras, quase uma sósia de Lucila, que bem poderia ter sido a mulher que vi na sala de espera de Paul Mahda. Lentamente, meu cérebro assimilava essas informações, mas não demorei a atinar com o que estava acontecendo e perceber que eu ia cometer um erro incorrigível.

Só que eu não me sentia em condições de fazer alguma coisa. Meus músculos não respondiam aos comandos da minha mente, que, aliás, parecia disposta a não resistir ao sono. Se eu dormisse, porém, meu destino estaria selado. Era preciso reagir imediatamente. Impulsionado pelo instinto de sobrevivência, consegui vencer o imenso abismo que separava a cama da janela. Arranquei a fita isolante e escancarei as venezianas, debruçando-me no parapeito, para encher meus pulmões de ar.

Recuperando um grau a mais de consciência a cada nova inspiração, despejei o que sobrava da garrafa de vinho nas brasas do fogareiro, apagando o fogo, e abri o quarto, dirigindo-me à cozinha, onde um litro de leite me ajudou com a desintoxicação. Depois de vomitar um bocado, circulei pela casa toda e me debrucei novamente na janela para admirar as luzes da cidade. A vida e São Paulo nunca me pareceram tão belas. O capítulo do suicídio tinha chegado ao fim.

XIX

Passaram-se vinte e tantos dias da minha frustrada tentativa de suicídio. Foi o tempo necessário para *A supremacia psicobiológica — um guia para a paz na guerra dos sexos* atingir o primeiro lugar na lista dos mais vendidos. Diga-se de passagem, o horror que ele provocou entre as feministas só serviu para colaborar com isso. De resto, a obra não saía da mídia, fosse relacionada ao assassinato do autor, fosse por ter se tornado uma leitura obrigatória de atrizes e *top models*. Não posso afirmar que era realmente lido, mas sua capa dourada, exuberantemente *kitsch*, aparecia a toda hora nos noticiários, nas mãos das mulheres mais bonitas do país.

Pavão Lobo andava nas nuvens, graças aos eficientes amortecedores de seu novo BMW, cuja entrada pagara com os primeiros êxitos das vendas. Já descobrira também que ainda havia muito ouro a extrair da mesma mina cuja exploração mal começara. Uma tarde passou no meu escritório, com uma nova proposta indecorosa:

— Moreira, você está olhando para um gênio — pavoneou-se, batendo no peito.

Servi-lhe uma dose do Black Label:

— Jamais duvidei disso — garanti.

O elogio vinha por conta da generosa gratificação que ele depositara na minha conta-corrente pelo sucesso de *A supremacia psicobiológica*.

— Tenho outra ideia brilhante — Pavão Lobo prosseguiu.

— Manda.

— O que você me diria se descobríssemos um diário íntimo do Dr. Paul Mahda e o editássemos?

— Ele deixou um diário íntimo? — perguntei, surpreso.

— É claro que não.

— Mas então...

— Eu ouvi as fitas das suas entrevistas com ele — o editor explicou, espantado com a minha falta de visão. — Um escritor como você encontra ali material para escrever até dois diários íntimos, três se duvidar...

— Zé Augusto, isso é falsidade ideológica...

— Só se alguém nos levasse à Justiça, mas quem poderia fazer uma coisa dessas? Paul Mahda não deixou herdeiros... Depois, não se preocupe com isso. Essa questão é dos meus advogados. Seu trabalho, claro, é fabricar o texto.

— Não sei não...

Pavão Lobo abriu sua pasta e jogou na mesa um maço de notas de cem reais.

— Metade do seu pagamento já está aqui. Só preciso que você seja rápido. Não podemos perder o momento.

Servi uma dose para mim também e fiz um brinde:

— Em memória de Paul Mahda, cujo diário íntimo chegará às livrarias em no máximo dois meses.

— É por isso que eu gosto de você, Moreira!

Não vou dizer que não aceitei a proposta por dinheiro, mas havia também algo de sentimental em minha concordância. Escrever um diário íntimo de Paul Mahda, repassar as fitas com as histórias de suas amantes era uma tentativa de me provar que Lucila jamais estivera entre elas. Que ela havia sido sua paciente era ponto pacífico, mas não era ela a morena que eu enxerguei na sala de espera no meu último contato com o analista. Essa mulher só podia ser a tal Suzana Fraga que, de acordo com uma nota que li numa coluna social, acabara de entrar com o pedido de divórcio contra o marido, o assassino de Paul Mahda.

Ao aceitar a proposta de Pavão Lobo eu acertava minhas contas com o passado recente e ficava mais à vontade para executar um plano que concebera na última semana. Lucila estava prestes a voltar de Nova York. Decidi lutar com unhas e dentes por nossa reconciliação. Por isso, quando Zé Augusto se retirou, procurei o cartão de visita do agente de viagens de minha ex-namorada, com quem descobri o voo, o dia e a hora em que Lucila retornava a São Paulo. Os ventos sopravam a meu favor: sua volta estava prevista para a manhã seguinte desse telefonema.

Em seguida, guardei no cofre metade do dinheiro que o editor me adiantou e enfiei a outra parte no bolso. Caminhei até uma joalheria na avenida São Luís, para comprar um irresistível presente de boas-vindas. Apesar de Lucila ser morena, não havia como discordar da lição que eu aprendi assistindo a *Os homens preferem as loiras*: "Diamonds Are a Girl's Best Friend." Voltei para casa e fui dormir cedo: na manhã seguinte, às 6h30 eu deveria estar no Aeroporto Internacional de Guarulhos.

* * *

Ao cruzar a porta automática do setor de desembarque, arrastando atrás de si uma mala de rodinhas, Lucila não olhou para mim, mas para o carrinho de bagagem que eu empurrava em sua direção. Foi a maneira que encontrou de esconder o sorriso que lhe brotou nos lábios, ao perceber minha presença ali, à sua espera. Ela depôs a mala e uma sacola de ombro no carrinho, para se desvencilhar do peso, e me cumprimentou do modo mais formal que pôde:

— Bom dia, Moreira.

— Bom dia, Lucila. Fez boa viagem?

Ela tomou o carrinho da minha mão e começou a empurrá-lo, sem saber ao certo para onde ia.

— O que você veio fazer aqui? — perguntou, mantendo-se distante.

— Vim dar um presente de boas-vindas — respondi, estendendo o embrulhinho, cujo conteúdo era insinuado pela embalagem da joalheria.

A surpresa a deixou sem reação. Por um momento, ela hesitou em pegar o mimo que eu lhe ofertava. Seu olhar tornou-se o palco de um rápido desfile de emoções contraditórias. Como se fosse recusá-lo, ela recuou dois passos, levando as mãos à altura do peito.

— Acho que preciso de um café expresso — declarou, perscrutando meus olhos.

— *This way, please* — respondi, indicando o caminho do *coffee shop*.

Ao encostar no balcão, diante de um *cappuccino*, Lucila se dispôs a pegar o presente, cheia de dedos.

— Você não devia... — ela me advertiu, sisuda.

— Por que não? — perguntei, enquanto ela desvencilhava do papel um estojinho hexagonal de veludo preto.

Mas não abriu de imediato a caixinha. Depositou-a no granito do balcão e tomou um gole de café. Imitei-a, impassível. Olhávamos um para o outro como dois jogadores de pôquer numa rodada de fogo. Afinal, ela deixou a xícara de lado e, fazendo que sim com a cabeça, acabou de abrir o presente. Por um breve instante, seu olhar cintilou, refletindo o faiscar dos dois diamantes que coroavam um belo anel de ouro. O brilho de seu sorriso recompensou meu investimento com juros e correção monetária.

— É lindo, Moreira — Lucila declarou, baixando a guarda.

— Ainda mais no seu dedo — Concordei.

Mas ela não se deixaria vencer tão rapidamente e quis saber:

— Você acha que vai me comprar com diamantes?

— Tudo que eu quero é conversar com você — falei, com a voz embargada. — Quero pedir desculpa.

— Desculpa? — ela perguntou, admirando o anel em seu dedo.

— Desculpa, sim. Fui desastrado. Tirei conclusões precipitadas, fiz acusações injustas...

Ela me olhou, satisfeita com esse princípio de *mea culpa*.

— Prenderam o assassino do Dr. Paul Mahda — expliquei. — Por incrível que pareça, ele é casado com uma mulher que é quase sua sósia.

— O quê?

— Você não prefere que eu a leve para casa, primeiro? No caminho eu lhe conto tudo.

Lucila me deu um beijo no rosto e aceitou a proposta:

— Tudo bem. Vamos pegar um táxi. No caminho você me conta tudo.

Ao chegarmos à casa dela, mal depúnhamos a bagagem, Lucila se aproximou de mim, segurando-me pelo colarinho do paletó.

Senti o calor de seu hálito em meus lábios e segurei-a pela cintura, tentando beijá-la, mas ela não permitiu. Me empurrou para trás, num gesto brusco.

— Você é um canalha, Moreira. Um filho da puta, um desgraçado! — gritou, furiosa. — Como é que tem coragem de pensar de mim tudo o que pensou? Será que você não me conhece? Não aprendeu nada sobre mim durante todo o tempo que passamos juntos?

Tive a nítida impressão de que seu próximo ato seria me colocar porta afora, jurando que jamais tornaria a falar comigo, mas, como sempre, ela fez exatamente o contrário.

— Como é que você ousa duvidar do meu amor por você? — perguntou, me puxando contra ela.

Então, beijou furiosamente minha boca. Retribuí na mesma medida. O beijo prolongou-se e transformou-se em muitos outros. Quando parava para tomar fôlego, Lucila sussurrava em meu ouvido:

— Canalha, filho da puta, desgraçado...

Essas ofensas não demoraram a transformar-se em sacanagem. Logo, Lucila e eu nos amávamos como nos melhores tempos, no chão da sala, como dois adolescentes que aproveitavam a viagem dos pais num fim de semana. A raiva deixava Lucila ainda mais excitada, fazendo-a entregar-se com violência, como se quisesse me destruir com mordidas, unhadas e golpes de quadris. De minha parte, eu tentava contê-la, subjugá-la, me impor, reagindo com a mesma sanha, até chegarmos ao gozo. Então, deitada em cima de mim, sorrindo, Lucila continuou a me xingar, baixinho:

— Canalha, filho da puta, desgraçado...

— Te amo, te amo, te amo... — era minha invariável resposta.

Assim nos reconciliamos, embora Lucila não perdesse a oportunidade de me cobrar a falta de confiança nela, nos próximos 15 dias. Eu escutava as queixas calado, batendo o punho no peito, *mea culpa, mea culpa, mea maxima culpa*. Ela sorria, vitoriosa, sem se dar conta, talvez, de que eu também triunfava. De qualquer modo, para evitar qualquer atrito, não lhe contei que estava escrevendo o diário íntimo de Paul Mahda para Pavão Lobo, nem voltei a mencionar nenhum desses nomes na sua frente.

XX

O tempo exorcizou o fantasma do analista. Exorcizou por completo. Tanto que, ao passarmos diante de uma livraria que exibia uma pilha do *Diário íntimo*, Lucila mal lhe prestou atenção, fixando-se numa nova tradução de *Madame Bovary*. O novo livro se transformou também num best seller. Dessa vez, para manter a farsa em sigilo, exigi que Zé Augusto me desse uma porcentagem sobre as vendas, a título de direitos... fantasmais.

Entretanto, justamente quando eu acreditava que aprendia a ser um farsante, o inesperado me reduziu mais uma vez à minha condição de fantasma... Lucila tinha resolvido me convidar para assistir a outra superprodução iraniana, à qual não consegui me furtar. Quando passei na casa dela para buscá-la, encontrei-a esbaforida, saindo do chuveiro, com uma toalha enrolada no corpo. Excitado, me aproximei tentando fazê-la esquecer do cinema, mas ela não abriu espaço para brincadeiras.

— Moreira, a gente está atrasado. Para com isso e faz alguma coisa para me ajudar...

Ofereci-me para enxugar suas costas, mas ela respondeu, seca:

— Vai pegar uma calcinha no meu quarto.

Fiz meia-volta, fui ao seu guarda-roupa e abri a gaveta. Me dei conta de ser a primeira vez que eu abria a gaveta onde Lucila guardava a *lingerie*. Aquilo me manteve excitado, mas ao mesmo tempo me deixou comovido. Naquele momento, percebi quanto aumentara o nosso grau de intimidade. Já agíamos como marido e mulher. Em vez de pegar qualquer calcinha ao acaso, fiquei admirando os detalhes de sua roupa íntima, para escolher a peça que me parecesse mais especial.

Apalpei peças de tule, renda, *lycra* e algodão, com o cuidado de quem tem nas mãos o mais fino pires de porcelana. De repente, porém, tateei outra textura, mais ríspida, mas com a qual minha mão estava muito mais familiarizada: um pedaço de papel. Pensando que se tratava de uma embalagem, puxei-o para fora e me defrontei com uma folha azul-claro, dobrada em quatro, como bilhete que acreditei ter sido escrito por mim mesmo. Desdobrei-o, curioso, querendo lembrar essa mensagem que meu amor ternamente guardara, entre suas vestes íntimas. Encontrei uma caligrafia alheia na qual se redigiam, descaradamente, as seguintes palavras:

"Para a mulher mais fogosa do universo, por uma noite de puro êxtase."

Embaixo disso, inscreviam-se duas lacônicas iniciais:

"P.M."

Uma ideia avassaladora emergiu em minha mente:

— Chegou a hora de tirar minha Beretta do prego...

Epílogo

Não. É claro que não matei Lucila. Ao contrário, continuei a usufruir de seu corpo suntuoso, enquanto o tempo se encarregava de desgastar nosso desejo. Durante um semestre, continuamos a seguir religiosamente o ávido roteiro a que a natureza nos condenou a nós, os animais.

Para manter-se em cartaz, porém, essa comédia exige a entrada em cena de um outro personagem, sem o qual a troca do elenco se torna inevitável ao fim da temporada. Não era amor o que nos ligava, mas um simples simulacro, a ilusão a que a personalidade recorre para dar o instinto por justificado e impedir que nos vejamos no espelho como um reles punhado de genes.

Agora, porém, diante dessa constatação tamanha, não era a embriaguez que iria me brindar com o consolo do esquecimento. Eu precisava atravessar o Rubicão para me tornar o senhor de mim mesmo. Estava na hora de ousar e escrever o meu primeiro livro de verdade, sem fantasmagoria de qualquer espécie. Um romance que me ajudasse a compreender o que minha vida fora até ali e me fizesse seguir adiante.

Sentei ao computador e acendi um cigarro. Durante uns 5 minutos, a tela em branco me encarou, inflexível, até que o clarão de uma ideia me tomou de assalto e eu disparei as primeiras linhas:

Devo começar como um detetive de histórias policiais. Se relembro os acontecimentos destes últimos meses, só posso concluir que minha vida se encaixa muito bem no gênero... Então por que não fazer mistério? Por que não começar com um parágrafo típico dos romances de Raymond Chandler, Rex Stout ou do *Ellery Queen's Mystery Magazine*?

Este livro foi composto na tipologia Minion Pro,
em corpo 11/15,3, e impresso em papel off-white 90g/m²
no Sistema Cameron da Divisão Gráfica
da Distribuidora Record.